국어과 **선생님**이 뽑은

한국 문학읽기
한국고전읽기
세계문학읽기

국어과 선생님이 뽑은

심청전 · 토끼전

작자 미상

★북·앤·북

국어과 선생님이 뽑은 심청전 · 토끼전
공양미 삼백 석에 제물이 되어……

초판 1쇄 | 2013년 1월 15일 발행
지은이 | 작자 미상
엮은이 | dskimp2004@yahoo.co.kr
교 정 | 이정민
디자인 | 인지숙
일러스트 | 이혜인
펴낸이 | 이경자
펴낸곳 | 북앤북

주소 | 서울 마포구 월드컵로 11길 35, 101동 502호
전화 | 02-336-9948
팩시밀리 | 02-337-4315
등록 | 제 313-2008-000016호

ISBN 978-89-89994-74-9 04810
잘못된 책은 구입하신 서점에서 바꾸어 드립니다.

이 책에 수록된 작품의 표기는 '한글 맞춤법'의
규정을 원칙으로 하되 작가 특유의 문체나
방언 등은 원본에 따른다.

ⓒ2013 by Book & Book printed in Seoul, Korea

공양미 삼백 석에 제물이 되어......

 에게 드립니다

— · — · — · — · — · — · — · — · — · —

심청전 · 토끼전

차
례

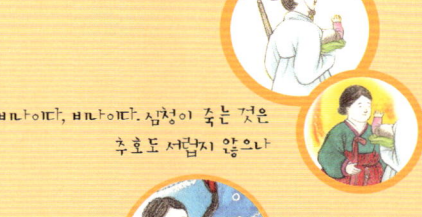

비나이다, 비나이다. 심청이 죽는 것은
추호도 서럽지 않으나

앞 못 보는 우리 부친 천지에 사무치는 원한을

살아생전에 풀어 드리려고 죽음을
당하오니 하느님이 굽어 살피시어

우리 부친 어두운 눈을 불원간 밝게 하시어
광명 천지를 보게 하소서

심
청
전

심청전 미리보기

옛날 황주 땅에 행실이 훌륭한 심학규라는 사람이 부인 곽씨와 살고 있었다. 늦도록 자식이 없어 근심하던 중 어느 날 신몽을 얻어 심청을 낳는다. 부인 곽씨는 청을 낳은 지 7일 만에 세상을 떠나고 가세는 점점 기울어 동냥젖을 얻어 먹여 키운다.

심학규의 사랑을 받고 자란 심청은 아버지를 극진히 봉양한다. 어느 날 심청이 이웃집에 방아를 찧어 주러 갔다가 늦어지자 청을 찾아 나선 심봉사는 개천에 빠진다. 때마침 그곳을 지나던 몽운사 화주승이 그를 구해 주고 공양미 삼백 석을 시주하면 눈을 뜰 수 있다고 하자 앞뒤 가리지 않고 시주를 서약한다. 남몰래 고민하던 아버지의 사정을 들은 심청은 천지신명께 지성으로 빈다. 그때 인신공양을 구하려 다니는 남경 상인들에게 자신의 몸을 판 대가로 받은 공양미 삼백 석을 몽운사에 시주한다. 심청은 아버지가 걱정할까 봐 장 승상 수양딸로 가게 되었다고 거짓말을 하고, 뒤늦게 사실을 안 심학규는 통곡하며 실신한다. 배를 타고 인당수에 도착한 심청은 아버지를 걱정하면서 인당수에 뛰어든다.

남경 상인이 심청의 덕택으로 억만 금의 이익을 내고 돌아오다가 인당수에 떠 있는 연꽃을 이상히 여겨 용왕에게 바친다. 용왕은 연꽃 속에서 나온 심청을 아내로 맞이하고, 황후가 된 심청은 아버지를 찾기 위해 맹인 잔치를 연다. 심청이 떠난 뒤 뺑덕 어멈과 같이 살던 심학규는 소문을 듣고 마지막 날 황성에 상경해 심청을 만나 눈을 뜬다.

심청전 핵심보기

　이 소설은 《거타지》, 《인신 공희》, 《맹인 득안》, 《효녀 지은》 등의 전래 설화가 창(唱)의 판소리 사설로 구전되어 오다가 영·정조에 이르러 소설화한 것이다. 또한 여러 사람들의 참여에 의해 첨삭된 적층 문학의 성격을 가지고 있는 것이 특징이다. 이 소설의 사상적 배경은 불교의 인과응보와 환생을 바탕으로 유교의 효(孝) 사상이 형상화되었다. 고대 소설 《심청전》을 이해조가 《강상련》이란 소설로 개작하였다.

공양미 삼백 석에 제물이 되어……

　황주 도화동에 심학규라는 봉사가 있으니, 대대로 내려오며 벼슬하던 거족으로 명망이 자자하더니 가운이 기울어 가난해지고 어려서 눈을 못 보게 되니 시골에서 곤궁하게 지냈다.

　도와주는 일가친척도 없고 아울러 눈까지 멀고 보니 그 누구하나 대접하는 이 없건마는, 본래 양반의 후손으로서 행실이 청렴하고 정직하며 지조와 기개가 고상하여 일동일정을 경솔히 하지 않으므로 그 동네의 눈뜬 사람은 모두 칭찬을 마지않았다.

　심봉사의 아내 곽씨 부인도 또한 현철하여 덕과

아름다움과 절개를 갖추었고, 예서와 시경 중에 본받을 대목은 모르는 것이 없고, 제사를 받드는 법이나 손님을 대접하는 법을 비롯하여, 동네 사람과 화목하고 가장을 공경하고 살림하는 솜씨며 무슨 일이고 못하는 것이 없이 다 잘하였다.

그러나 가세가 빈한하니 곽씨 부인은 몸을 아끼지 않고 품팔이를 했다. 삯바느질, 삯빨래, 삯길쌈, 삯마전, 염색일이며, 혼상 대사에 음식 만들기, 술 빚기, 떡 찧기 하며 일년 삼백예순 날을 잠시라도 놀지 않고 품을 팔아 모으는데, 푼을 모아 돈이 되면 돈을 모아 냥을 만들고, 냥을 모아 관이 되면 이 동네 저 동네에서 실수 없이 이자 받아들여, 춘추로서 시제와 집안 제사를 받드는 것이며 앞 못 보는 가장을 공경하고 시중드는 것이 한결같으니, 가난과 병신은 조금도 허물됨이 없고 먼 마을 사람들까지도 부러워

하고 칭찬하는 중에 재미나게 세월
을 보내었다.

　그러나 그같이 지내는 중에도
심학규의 가슴에는 한 가지 품
은 억울한 한이 있으니, 슬하에 혈육이 하나도 없
음이었다.

　하루는 심봉사가 마누라를 곁에 불러 앉히고 말
한다.

　"여보, 마누라. 거기 앉아 내 말 좀 들어보오.
나는 편하다 하려니와 마누라의 고생살이 도리어
불안하니 괴로운 일일랑 너무 하지 말고 사는 대
로 삽시다. 그러나 내 마음에 매우 원통한 일 하나
있소.

　우리 양주 이미 나이 사십이나 슬하에 혈육이라
고는 하나도 없어 조상의 향화를 끊게 되니 죽어
저승으로 돌아간들 무슨 면목으로 조상을 대할 것
이며, 우리 양주 죽은 후에 장사치레와 소대상이며
해마다 돌아오는 기제사에 뉘 있어 밥 한 그릇 물

한 모금 떠 놓겠소? 병신 자식일망정 남녀 간에 낳
아 본다면 평생 한을 풀 듯하니 어찌하면 좋을는
지. 명산대천에 치성이나 들여 보오."

"지성껏 하오리다."

이렇게 대답하고 그날부터 품을 팔아 모은 재물
로 온갖 정성을 다 들인다. 이렇게 치성을 다 지내
니 그 어찌 공든 탑이 무너지며 힘든 나무 부러지
랴.

갑자년 사월 초파일에 꿈 하나를 얻었는데 이상
할 뿐 아니라 맹랑 기괴하였다. 천지가 명랑하고
서기가 허공에 서리며 오색 꽃구름이 피더니 선인
옥녀가 하늘에서 내려오는데 머리에는 화관이요,
몸에는 하의(노을로 만든 옷)로다. 둥근 옥패를 그
몸에 차고 옥패 소리 쟁쟁하며 계화 가지를 손에
들고 내려오더니 부인 앞에 재배하고 곁으로 와서,

"소녀는 다른 사람이 아니라 서왕모의 딸인데 상
제께 죄를 받아 인간계로 정배되어 갈 바를 모르던
중, 태상노군과 후토부인, 제불 보살과 석가님이

댁으로 지시하기로 지금 찾아왔사오니 어여삐 여기소서."

하고 품에 와 안기기에 곽씨 부인이 놀라서 잠을 깨었다.

심봉사 내외가 꿈 이야기를 의논하니 둘의 꿈이 똑같았다. 태몽인 줄 짐작하고 마음에 희한하여 못내 기쁘게 여기는데 그달부터 태기가 있으니 이는 신불의 힘인가 하늘의 도움인가? 아마도 부인의 정성이 지극하므로 역시 하늘이 감동하심이렷다.

하루는 해산할 기미가 있어 순산하기를 바랄 때 향기가 진동하며 꽃구름이 비끼더니 얼떨결에 아이를 낳으니 선녀 같은 딸이다.

"아가, 아가, 내 딸이야! 아들 겸 내 딸이야! 금을 준들 너를 사며 옥을 준들 너를 사랴? 어둥둥, 내 딸이야! 은하수 직녀성이 네가 되어 내려왔나? 어둥둥, 내 딸이야!"

심학규는 이같이 주야로 즐거워하는데 마음에서 우러나 이렇듯이 좋아하였다.

슬프다, 세상사여. 슬픔과
즐거움에 수가 있고 죽고 삶
에 명이 있는지라, 운수가 다
하면 가련만 몸을 용서치 않는다. 뜻밖에 곽씨 부
인에게 산후탈이 일어나 호흡을 헐떡이며 식음을
전폐하고 정신없이 앓는데,

"애고, 머리야! 애고, 허리야!"

하는 소리에 심봉사 겁을 먹고 의원을 찾아 약을
쓰며, 경도 읽고 굿도 하여 백 가지로 서둘러도 죽
기로 든 병이라 인력으로 어찌 구하리오? 심봉사는
기가 막혀 부인 곁에 앉아서 온 몸을 만져 보며 말
했다.

"여보, 여보, 마누라. 정신 차려 말을 하오. 식음
을 전폐하니 속이 비어 어찌하오. 삼신님께 탈이
되어 제석님이 탈이 났나? 도리 없이 죽게 되었으
니 이게 웬일이오?

만일 불행하여 마누라가 죽게 되면 눈 어두운 이
놈의 팔자, 일가친척 하나 없는 혈혈단신 외로운

이내 몸은 올데갈데없어지니 그도 또한 원통한데 강보에 싸인 딸아이는 어찌한단 말이오?"

곽씨 부인 생각하여 보니 스스로 아는 병세라 살아나지 못할 줄을 짐작하며 봉사에게,

"여보, 서방님. 내 말씀 들어보오. 우리 부부 같이 늙어 백년을 같이 살자 하였거늘 명한을 못 이기고 필경은 죽을 테니, 죽는 나는 서럽지 아니하나 장차로 가군의 신세 어찌하면 좋으리오.

내 평생 마음먹기를 앞 못 보는 가장님을 내가 조심 아니 하면 고생되기 쉽겠기로 더위 추위 비바람을 가리지 아니하고 동네방네 품을 팔아 밥도 받고 반찬 얻어 식은 밥은 내가 먹고 더운밥은 가군 드려 곯지 않고 춥지 않게 극진 공경하였는데 천명이 이뿐인지 인연이 끊겼는지 도리 없이 죽게 되었네.

내가 만일 죽게 되면 의복치레 뉘 거두며 조석공

궤 뉘라 할까? 사고무친 외로운 몸이니 의탁할 곳 전혀 없는지라, 지팡막대 거머잡고 더듬더듬 다니다가 도랑에 떨어지고 돌에도 발길 채어 넘어져 신세를 자탄하여 우는 모양이 눈으로 보는 듯하고, 기한을 못 이기어 이집 저집 다니면서 '밥 좀 주오!' 슬픈 소리가 귀에 쟁쟁히 들리는 듯하니 죽은 혼이 차마 어찌 듣고 보며,

밤낮없이 바라다가 사십 후에 낳은 자식 젖 한 번 못 먹이고 죽다니 무슨 일일꼬! 어미 없는 어린 것을 뉘 젖 먹여 길러 내며 춘하추동 사시절을 무엇 입혀 길러 내리! 이 몸이 뜻밖에 죽게 되면 머나먼 황천길을 눈물이 가려 어찌 가며 앞이 막혀 어찌 갈꼬!

여보시오, 봉사님. 저 건너 김동지 댁에 돈 열 냥을 맡겼으니 그 돈일랑 찾아다가 내 죽은 초상에 쓰시고, 항아리에 넣은 양식 해산쌀로 두었다가 못 먹고 죽어 가니 장사나 치른 다음 양식으로 쓰시고, 진어사 댁 관대 한 벌, 흉배에 수놓다가 끝내

지 못하고 보에 싸 농 안에다 넣었으니 남의 귀중한 의복일랑 나 죽기 전에 보내시고, 뒷마을 귀덕 어미는 나와 친한 사람이니 내가 죽은 뒤에라도 어린아이 안고 가서 젖 좀 먹여 달라 하면 괄시는 아니하리다.

하늘이 도와 저 자식이 죽지 않고 살아나서 제 발로 걷거들랑 앞세우고 길을 물어 내 무덤에 찾아와서 '아가, 아가. 이 무덤이 너의 모친 무덤이다.'라고 또렷하게 가르쳐서 모녀 상봉 시켜 주오.

천명을 못 이겨 앞 못 보는 가장에게 어린 자식 떼쳐 두고 영이별로 돌아가니 가군의 귀하신 몸 애통하여 상치 말고 천만보중하소서. 이승에서 미진한 일 후생에서 다시 만나 이별 없이 살고 싶소."

유언하고 한숨 쉬며 돌아누워 어린 아이에게 낯을 대고 혀를 찬다.

"아차, 내가 잊었구려. 이애 이름을 청이라 불러 주오. 이애 주려고 만든 굴레 진 옥판 붉은 술에 진주 드림 붙여 달아 함 속에 넣었으니 아기가 엎

치락뒤치락하거들랑 나 본 듯이 씌워 주오.”

말을 마치매 딸꾹질 두세 번에 숨이 덜컥 그쳤다. 슬프다, 곽씨 부인은 이미 다시 이승 사람이 아니었다. 슬프다, 사람의 수명을 어찌 하늘이 돕지 못하는가!

심봉사는,

“애고, 마누라. 참으로 죽었는가?”

가슴을 쾅쾅, 머리를 탕탕 치며 발을 동동 구르면서 울며 부르짖는다. 울다가 기가 막힌 심봉사는 머리를 방바닥에 부딪치며 몸부림치니 이리 덜컥 저리 덜컥, 치둥글 내리둥글 엎어져 슬피 통곡하니, 이때 도화동 사람들이 이 소식을 듣고 남녀노소 할 것 없이 누가 아니 슬퍼하리!

비록 가난한 집 안의 초상이라도 동네가 힘을 모아 정성껏 차렸으니 상여 치레는 매우 현란하였다. 상두꾼을

두건, 제복, 행전까지 생포로 호사하게 차려 입고
상여를 메고 갈지자로 운구한다.

"댕그렁댕그렁, 어화 넘차 너호."

그때 심봉사는 어린아이 강보에 싸 귀덕어미에게
맡겨 두고, 제복을 얻어 입고 상여 뒤체를 거머잡
으며 미친 듯 취한 듯 겨우 부축을 받아 나아간다.

"애고, 여보, 마누라. 날 버리고 어디로 간단 말
인가? 나도 갑세, 나와 가! 만리라도 나와 가세! 어
찌 그리 무정한가? 이제는 자식도 귀하지 않소. 얼
어서도 죽을 테고 굶어서도 죽을 것이니 나와 함께
갑세다."

"어화 넘차 너호!"

그럭저럭 건너가 안산으로 돌아들어 양지바른 자
리를 가려서 깊이 안장한 후에 평토제를 지내는데,

심봉사가 본래부터 맹인이 아니라 이십 후의 실명이라 머릿속에 들어 있는 학식이 많으므로 원한이 사무치는 축문을 지어 몸소 읽는다.

"슬프다, 부인이여! 이토록 요조한 숙녀를 맞아 좋을 때에 짝으로 삼고서 백 년을 같이 늙자 하였거늘, 이제 갑자기 죽으니 부인의 혼백은 아주 갔노라. 젖먹이를 남겨 두고 영이별하니 장차 내 무슨 수로 기를 수 있으리오?

돌아오지 못할 길을 부인이 떠나가니 어느 때고 다시는 오지 못하겠기에 소나무와 가래나무가 무성한 언덕에 깊이 묻었으니 푸른 멧부리와 더불어 길이 쉴지어다. 생전에 듣던 음성과 모습이 아득히 멀어지니 슬프다!

이제는 보지도 듣지도 못하리라. 백양나무 가지 밖으로 달이 지니 산이 적적하고 밤은 깊은데 어디서 귀신 우는 소리가 들리는 듯하니, 무슨 말씀이든 하소연한들 저승과 이승이 가로막혀 길이 다르니 그 뉘라서 위로할 수 있으리오? 후유! 주과와

포혜로 간략히 차려 놓았으니 부인이여, 부디 많이 먹고 돌아가 주소서."

심봉사는 부인을 매장하여 공산야월 쓸쓸한 곳에 혼자 두고 허둥지둥 돌아오니, 부엌 안은 쓸쓸하고 방 안은 텅 비었는데 분향은 그저 피어 있다. 횅뎅그렁한 빈방 안에 벗도 없이 혼자 앉아 온갖 슬픔을 짓씹고 있을 때, 이웃집 귀덕어미가 사람 없는 동안에 아기를 데려다 돌보아 주었다가 건너와 아기를 주고 가는지라.

심봉사는 이를 받아 품안에 안고서 지리산 갈까마귀 게 발 물어다 던진 듯이 혼자 우뚝 앉았으니 슬픔이 하늘에 사무치거늘, 품안의 어린것은 자지러져 울어댄다.

그렁그렁 그날 밤을 넘기는데 아기는 젖 못 먹어 기진하니 심봉사는 어두운 눈이 더욱 침침하여 어찌할 바를 모를 때 동녘이 밝아지매 우물가에 두레박 소리가 귀에 얼른 들리기에 날이 새었음을 짐작한지라, 문을 활짝 열어젖히며 단숨으로 우둥퉁 밖

에 나가 애걸한다.

"우물가에 오신 부인 뉘신 줄은 모르나 7일 만에 어미 잃고 젖 못 먹어 죽게 된 이 아기를 젖 좀 먹여 주오."

그러나 그 부인 대답한다.

"나는 젖이 없소마는 젖 있는 여인네가 이 동네에 많으므로 아기 안고 찾아가서 좀 먹여 달라 하면 누가 괄시하겠소?"

심봉사는 그 말을 듣자 품속에다 아기 안고 한 손에는 지팡이를 거머잡고 더듬더듬 동네로 걸어가서 젖먹이 있는 집을 찾아 사립문을 밀치고 안으로 들어서며 애걸복걸 빈다.

"이 댁이 뉘시온지 사뢸 말씀 있나이다."

"어쩐 일로 오셨소?"

"현철하던 우리 아내 인심으로 생각하나 눈먼 나를 보더라도 어미 잃은 우리 아기 이 아니 불쌍하오? 댁의 아기 먹고 남은 젖이 있거들랑 이애 젖 좀 먹여 주오."

근방의 부인네들 심봉사의 사정을 알므로 한없이 측은히 여겨서 아기 받아 젖을 먹이고 돌려주며 말한다.

"여보시오, 봉사님. 어렵게 생각 말고 내일도 안고 오고 모레도 안고 오면 이애를 설마 굶게 하겠소."

백배로 치하하고 아기를 품에 안고 집으로 돌아와서는 요를 덮어 뉘어 놓고, 아기가 노는 사이에 심봉사는 동냥을 다닌다.

이렇듯이 구걸하여 매월 초하루 보름의 삭망과 소상을 빠뜨리지 아니하며 지나갈 제 심청이는 크게 될 사람이라 천지신명이 도와주어 잔병 없이 자라나니 흐르는 물 같은지라. 그의 나이 6, 7세가 되어 가니 소경 아비의 손을 잡고 앞에 서서 인도한다.

다시 심청의 나이 십여 세가 되어가니 얼굴은 일

색이요, 효행이 지극하였다. 소견도 능통하고 재주도 매우 빼어나서 부친께 바치는 조석 반찬과 모친의 기제사에 지극한 정성을 기울여 어른을 넘어설 지경이니 아니 칭찬하는 이 없다.

세상에 덧없는 것은 세월이요, 무정한 것은 가난이라. 심청의 나이 열한 살이 되었을 무렵에는 가세도 군색하고 늙은 부친은 병으로 시달리니 어리고 연약한 몸이 무엇을 의지하고 살리오.

하루는 심청이 부친께 여쭙는다.

"아버님 들으십시오. 눈 어두우신 아버지가 험한 큰길을 다니시면 다치기 쉬우며 비바람을 무릅쓰고 나다니시면 병환 나실까 염려되오니 오늘부터 아버지는 집에 앉아 계시오면 소녀 혼자 밥을 얻어 조석 걱정 덜겠습니다."

심청이는 그날부터 밥을 빌러 나섰다. 이렇듯이 봉양하여 춘하추동 사시절을 쉬는 날이 없이 밥을 빌어 왔고 나이 점점 들수록 바느질과 길쌈으로 삯을 받아 부친 공경을 한결같이 하였다.

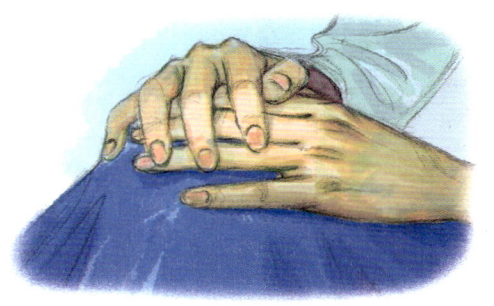

　세월은 흐르는 물 같아서 심청이가 열다섯 살이
되니 얼굴이 나라에서 첫손 꼽는 국색이요, 효행이
극진한데 재질마저 비범하고 문필도 넉넉하니 여자
중에 군자요, 새무리 중에 봉황이요, 꽃 중에서는
모란에 비길 만했다.

　원근에 이 소문이 퍼지매 저 건넛마을 무릉촌의
장 승상 부인이 심소저를 청하니 시비를 따라갈 제
천천히 발을 옮겨 승상 댁에 당도한다.

　"네가 틀림없는 심청이냐? 과연 듣던 말과 같이
아름답구나."

　자리를 주어 앉힌 후에 승상 부인이 자세히 살펴
보니 별로 단장한 바도 없거늘 타고난 자태가 아리

따위 나라에서 으뜸가는 미녀였다.

"심청아, 내 말 듣거라. 승상이 이미 세상을 떠나시고 아들은 삼형제이나 모두 다 황성에 가 객지에 벼슬살이요, 다른 자식과 손자는 없다.

슬하에 말벗이 없으니 자나 깨나 적적한 빈방에서 대하느니 촛불이요, 기나긴 겨울 밤에 보는 것이 고서로다. 네 신세를 생각하니 양반의 후예로서 저렇듯 빈곤하니 내 집의 수양딸 되면 여공도 손익히게 하고 문자도 학습시키고 친딸같이 출가시켜 말년 재미를 보고자 하는데 너의 뜻이 어떠하냐?"

심청이 여쭙기를,

"팔자가 기구하여 저 낳은 지 7일 만에 모친이 세상을 뜨셨기로 앞 못 보는 늙은 부친이 저를 싸

안고 다니면서 동냥젖을 얻어먹여 겨우겨우 길러 내어 이토록 컸으나, 모친의 모습과 몸가짐을 전혀 몰라 철천의 한이 되어 그칠 날이 없기로 내 부모를 생각하여 남의 부모 공경하였거늘, 오늘날 승상 부인 존귀하신 처지로서 미천함을 불구하시고 은혜 입으면 이 몸은 부귀영화 누리겠지만 앞 못 보는 우리 부친 사철 의복, 조석 공양 뉘 있어 하오리까? 길러 내신 부모 은덕 사람마다 있거니와 이 몸은 부모 은혜 더욱 견줄 바 없으니 잠시라도 슬하를 떠날 수 없습니다."

심청이는 목이 메어 말을 잇지 못하고 눈물이 흘러내려 옥 같은 얼굴을 적시니 봄바람 보슬비에 복사꽃 떨어지듯 하는지라. 부인이 가상히 듣고 이른다.

"네 말 들으니 과연 하늘이 낸 효녀로다. 망령된 이 늙은이 미처 그 일을 생각지 못하였구나."

부인이 애틋이 여겨 비단과 패물이며 양식을 후히 주고 시비와 함께 보내며 말씀하신다.

"심청아, 내 말 듣거라. 너는 나를 잊지 말고 모녀간의 굳은 의를 지켜라."

이리하여 심청이는 하직하고 돌아왔다.

그 무렵 심봉사는 무릉촌에 딸을 보내고 말벗 없이 홀로 앉아 딸 오기만 기다리는데 아무리 기다려도 발자취는 전혀 없다. 심봉사는 갑갑하기에 지팡막대 거머잡고 딸 마중 나가 본다.

더듬더듬 주춤주춤 사립문 앞에 나가다가 비탈에 발이 삐끗 밀려 개천 물에 풍덩하고 떨어지니 얼굴에는 진흙이요, 의복이 다 젖었다. 두 눈을 희번덕, 두 팔을 허위적, 나오려면 빠지고 사방 물이 출렁출렁 물 소리만 요란하니 심봉사 겁을 먹고 외친다.

"아무도 거기 없소? 사람 살리시오!"

몸은 점점 깊이 빠져 허리 위로 물이 돈다.

"아이고, 나 죽는다!"

차츰 물이 올라와서 목덜미를 감돈다.

"허푸허푸, 아이고, 사람 죽소!"

아무리 소리를 친들 오가는 사람이 그쳤으니 뉘 있어 건져 줄까. 이때 몽운사의 화주 승이 지나가다가 소리 나는 곳을 찾아가니 어떤 사람이 개천 물에 떨어져 거의 죽게 되었으므로 그 중은 깜짝 놀라 굴갓, 장삼을 훨훨 벗어 되는 대로 버려 두고 짚고 있던 구절죽장은 되는 대로 내던지고 행전, 대님을 다 벗고 누비바지 아래를 똘똘 말아 올려붙이고는, 백로가 고기 새끼 노리듯 징검징검 들어가서 심봉사의 가는 허리를 후려쳐 담쏙 안고 '어뚜름, 이어차!' 끌어내어 밖에다 앉힌 후에 자세히 보니 낯이 익은 심봉사였다.

"허허, 이게 웬일이오?"

"나 살린 이 뉘시오?"

"소승은 몽운사 화주승이올시다."

그 중이 손을 잡고 심봉사를 인도하여 방 안으로

들어가서 젖은 의복을 벗겨 놓고 마른 옷을 입힌 후에 물에 빠진 내력을 물으매 심봉사가 신세를 한탄하며 전후 사정을 말하니 중이 일러 준다.

"우리 절 부처님은 영검이 많은지라, 빌어서 아니 되는 일 없고 구하면 응하시니 부처님께 공양미 **삼백** 석을 시주로 올리고 지성으로 비시면 살아생전에 눈을 떠서 천지 만물 두루 보고 성한 사람 됩니다."

심봉사는 그 말을 듣더니 신세 처지는 생각지 않고 눈 뜬다는 말이 반갑다.

"여보시오, 대사! 공양미 삼백 석을 권선문(불가에서 선을 권하는 글발)에 적어 가소."

그 중은 허허 웃는다.

"적기는 적겠으나 댁의 가세를 둘러보니 삼백 석을 주선할 길 없을 듯합니다."

심봉사가 화를 낸다.

화주승이 다시 허허 웃으며 권선문에 '심학규 미 삼백 석'이라 대서특필하고는 하직하고 돌아갔다. 심봉사가 중을 보내 놓고 곰곰이 생각하니 이는 긁어 부스럼이요, 도리어 후환이라 홀로 앉아 스스로 탄식한다.

　"내가 공을 들이려다 만약에 죄가 되면 이를 장차 어찌하잔 말인고?"

　묵은 근심 새 걱정이 불같이 일어나 신세를 탄식하며,

　"천지가 아주 공평하여 별로 치우침이 없건마는 이내 팔자 어찌하여 형세 없고 눈도 멀어 해, 달같이 밝은 것을 전혀 분별할 수 없고, 처자 같은 정든 사이도 마주 대하여 못 보는가? 우리 망처 살았

으면 조석 근심 없을 것을, 다 커 가는 딸자식이
동네 품을 팔아 겨우 풀칠하는 중에 공양미 삼백
석이 어디 있어 호기 있게 적어 놓고 백 가지로 궁
리하나 방책이 전혀 없으니 이를 어찌한단 말인가?
장독, 그릇 다 팔아도 한 되 곡식 못 살 것이며 장
롱, 함을 방매해도 단돈 닷 냥에도 사지 않으리라.
집이라도 팔자 하나 비바람을 못 가리니 나라도 아
니 사리라. 내 몸이나 팔자 한들 눈 못 보는 이 잡
것을 어느 누가 사 가리오? 애고, 애고, 서러워라.
애고, 애고, 서러워라."

　한동안 이렇게 슬피 울고 있을 때에 심청이가 급
히 돌아와서 닫힌 방문을 벌떡 열고,

　"아버님!"

　하고 부르더니 저의 부친의 모양 보고 깜짝 놀라
달려든다.

　"애고, 이게 웬일이시오?"

　승상 댁 시비에게 방에 불을 때 달라고 부탁하
고, 치마를 걷어쥐고 눈물을 씻으면서 얼른 밥을

지어 부친 앞에 상을 놓는다.

"아버지, 진지 잡수시오."

"나 밥 안 먹으련다."

"무슨 근심이라도 계시오?"

"네 알 일 아니로다."

"아버지, 무슨 말씀이오? 소녀 비록 불효이나 말씀을 속이시니 마음이 서럽습니다."

"아가, 아가, 울지 마라. 너 속일 리 없지마는 네가 만일 알고 보면 지극한 네 효성이 걱정이 되겠기로 진작 말 못하였다. 아까 너 오는가 문밖에 나가다가 개천 물에 빠져 죽게 되었더니 몽운사 화주승이 나를 건져 살려 놓고, '몽운사 부처님이 영검하기 다시없으니 공양미 삼백 석을 부처님께 시주하면 생전에 눈을 떠서 성한 사람이 된다'기로 형편은 생각지 아니하고 홧김에 적었으니 이 어찌 될 말이냐? 도리어 후회로다."

심청이 그 말 듣고 반기어 웃으면서 대답한다.

"이제 새삼 후회하시면 정성이 못 되니 아버님

어두우신 눈 정녕 밝혀 보게 공양미 삼백 석을 아무쪼록 마련하여 보겠습니다."

심청이는 부친의 소원을 듣고 그날부터 뒤뜰을 정히 하고 황토로 단을 모아 좌우로 금줄 매고 정화수 한 동이를 소반 위에 받쳐 놓고, 북두칠성 호반(정화수 떠 놓는 소반)에  향 피우고 재배한 다음에 공손히 두 무릎 꿇고 두 손 모아 빈다.

이렇듯이 밤낮으로 빌었더니 도화동 심소저는 하늘이 아는 바라 흠향(신명이 제물을 받음)하시고 앞일을 인도하시었다.

하루는 유모 귀덕어미가 오더니,

"아가씨, 이상한 일 보았나이다."

"무슨 일이 이상하오?"

"어떠한 사람인지 십여 명씩 다니면서, 값은 고하간에 십오 세 처녀를 사겠다고 다니니 그런 미친

놈들이 있소?"

심청이 속마음으로 반겨 듣고,

"여보, 그 말 진정이오? 정말로 그리 될 양이면 그 다니는 사람 중에 노숙하고 점잖은 사람을 불러 오되 밖에 말이 나지 않게 조용히 데려오오."

귀덕어미 대답하고 과연 데려왔는지라. 처음은 유모를 시켜 사람 사려는 까닭을 물은즉 그 사람의 대답이,

"우리는 본디 황성 사람으로서 장사차로 배를 타고 만리 밖에 다니더니, 배 갈 길에 인당수라 하는 물이 있어 변화불 측하여 자칫하면 몰사를 당하는데 십오 세 처녀를 제수로 제사를 지내면 수로만리를 무사히 왕래하고 장사도 흥왕하옵기로, 생애가 원수로 사람 사러 다니오니 몸을 팔 처녀가 있사오면 값을 관계치 않고 주겠나이다."

심청이 그제야 나서며,

"나는 본촌 사람으로 우리 부친 안맹하여 세상을 분별 못하기로 평생에 한이 되어 하느님 전에 축수하던 중, 몽운사 화주승이 공양미 삼백 석을 불전에 시주하면 눈을 떠서 보리라 하되 가세가 지빈하여 주선할 길 없삽기로 내 몸을 방매하여 발원하기 바라오니 나를 삼이 어떠하오? 내 나이 십오 세라 그 아니 적당하오?"

선인이 그 말 듣고 심소저를 보더니 마음이 억색하여 다시 볼 정신이 없이 고개를 숙이고 묵묵히 섰다가,

"낭자 말씀 듣자오니 거룩하고 장한 효성 비할 데 없삽내다."

이렇듯이 치하한 후에 저의 일이 긴한지라,

"그리하오."

하고 허락하니 심소저가 묻기를,

"행선 날이 언제이니까?"

"내월 십오 일이 행선할 날이오니 그리 아옵소서."

　피차에 상약하고 그날로 선인들이 공양미 삼백 석을 몽운사에 보냈다.

　심소저는 귀덕어미를 백 번이나 단속하여 말 못 나게 한 연후에 집으로 돌아와 부친 전에 여쭈오되,

　"아버지."

　"왜 그러느냐?"

　"공양미 삼백 석을 몽운사로 올렸나이다."

　심봉사 깜짝 놀라서,

　"그게 어쩐 말이냐? 삼백 석이 어디 있어 몽운사로 보냈어?"

　심청이 같은 효성으로 거짓말을 하여 부친을 속일까마는 사세부득이라 잠깐 속여 여쭙는다.

　"일전에 만나 뵈온 무릉촌 장 승상 댁 부인께서

소녀보고 말씀하기를 '수양딸 노릇하라' 하되 아버지 계시기로 허락을 아니 하였는데 사세부득하여 이 말씀 사뢰었더니 부인이 반겨 듣고 쌀 삼백 석 주시기로 몽운사로 보내옵고 수양딸로 팔렸습니다."

심봉사 물정 모르고 소리 내어 웃으며 즐거한다.

"어허, 그 일 잘 되었다. 언제 데려간다더냐?"

"내월 십오 일에 데려간다 하옵니다."

"네가 게 가서 살더라도 나 살기 관계찮지! 어, 참으로 잘되었다."

부녀간에 이같이 문답하고 부친을 위로한 후, 심청이는 그날부터 선인을 따라갈 일을 곰곰 생각하니 사람이 세상에 생겨나서 한때를 못 보고 이팔청춘에 죽을 일과 안맹하신 부친 영결하고 죽을 일에 정신이 아득하여, 일에도 뜻이 없어 식음을 전폐하고 시름없이 지내다가 다시 생각하여 보니 엎질러진 물이 되고 쏘아 놓은 화살이었다.

"내 몸이 죽어지면 춘하추동 사시절에 부친 의복

뉘라 다 할까? 아직 살아 있을 때에 아버지 사철
의복 망종 지어 드리리라.”

하고 춘추 의복과 하동 의복을 보에 싸서 농에
넣고 갓, 망건도 새로 사서 걸어 두고 행선 날을
기다릴 제 하룻밤이 격한지라.

밤은 깊어 삼경인데 은하수는 기울어져 촛불이
희미할 제, 두 무릎을 쪼그리고 아무리 생각한들
심신이 난정이라. 부친의 벗은 버선볼이나 망종 받
으리라, 바늘에 실을 꿰어 손에 들고 하염없는 눈
물이 간장에서 솟아올라 복받쳐 오르는 울음을 부
친 귀에 들리지 않게 속으로 느껴 울며, 부친의 낯
에다가 얼굴을 가만히 대어 보고 수족도 만지면서,

“오늘 밤 모시면 다시는 못 뵐 테지. 내가 한번
죽어지면 여단수족 우리 부친, 누굴 믿고 살으실
까? 애닯도다, 우리 부친. 내가 철을 안 연후에 밥
빌기를 하였더니 이제 내 몸이 죽어지면 춘하추동
사시절을 동네 걸인 되겠구나. 눈총인들 오죽하며
괄시인들 오죽할까?

부친 곁에 내가 모셔
백 세까지 공양하
다가 이별을 당하
여도 망극한 이 설
움이 측량할 수 없을
텐데, 하물며 이러한 생이별이 고금천지간 또 있을
까? 우리 부친 곤한 신세 적수단신 살자 한들 조석
공양 뉘라 하며, 고생하다 죽사오면 또 어느 자식
있어 머리 풀고 애통하며, 초종장례 소대기며 연년
오는 기제사에 밥 한 그릇 물 한 그릇 뉘라서 차려
놓을까?

몹쓸 년의 팔자로다. 7일 만에 모친 잃고 부친마
저 이별하니 이런 일이 또 있는가? 우리 부녀 이
이별은 내가 영영 죽어 가니 어느 때 소식 알며 어
느 날에 만나 볼까?

돌아가신 우리 모친 황천으로 들어가고 나는 인
제 죽게 되면 수궁으로 갈 터이니, 수궁에 들어가
서 모녀 상봉 하자 한들 황천 가기 몇 천 리나 된

다는지? 황천을 묻고 불원천리 찾아간들 모친이 나를 어이 알며 나는 모친 어이 알리?

만일 알고 뵈옵는 날 부친 소식 묻자오면 무슨 말로 대답할꼬? 오늘 밤 오경 시를 함지(해 넘어가는 곳)에 머무르고 내일 아침 돋는 해를 부상(해 뜨는 곳)에 매었으면 하늘 같은 우리 부친 한 번 더 보련마는 밤 가고 해 돋는 일 그 뉘라서 막을쏜가?"

천지가 사정없어 이윽고 닭이 우니 심청이 기가 막혀,

"닭아, 닭아, 우지 마라. 네가 울면 날이 새고 날이 새면 나 죽는다. 나 죽기란 섧지 않으나 의지 없는 우리 부친 어찌 잊고 가잔 말가?"

밤새도록 섧게 울고 동방이 밝아 오매 부친 진지 지으려고 문을 열고 나서 보니 벌써 선인들이 사립문 밖에서 주저주저하며,

"오늘 행선 날이오니 빨리 가게 하옵소서."

심청이 그 말 듣고 대번에 두 눈에서 눈물이 빙

돌아 목이 메어 사립문 밖에 나가서,

"여보시오, 선인네들. 오늘 행선하는 줄은 내가 이미 알거니와 부친이 모르오니 잠깐 지체하옵시면 불쌍하신 우리 부친 진지나 하여 상을 올려 잡순 후에 말씀 여쭈옵고 떠나게 하오리다."

선인들이 불쌍하고 가엾게 여기어,

"그리하오."

허락하니 심청이 들어와서 눈물 섞어 밥을 지어 부친 앞에 상을 올리고, 아무쪼록 진지 많이 잡수시도록 하느라고 상머리에 마주 앉아 자반도 뚝뚝 떼어 수저 위에 올려놓고 쌈도 싸서 입에 넣어,

"아버지, 진지 많이 잡수시오."

"오냐, 많이 먹으마. 오늘은 각별하게 반찬이 매우 좋구나. 뉘 집 제사 지냈느냐?"

심청이 기가 막혀 속으로만 느껴 울며 훌쩍훌쩍 소리 나니 심봉사는 물색없이 귀 밝은 체 말을 한다.

"아가, 너 몸 아프냐? 감기가 들었나 보구나. 오늘이 며칠이냐? 오늘이 열닷새지, 응?"

부녀의 천륜이 중하니 몽조가 어찌 없을쏘냐? 심봉사가 간밤 꿈 이야기를 하되,

"간밤에 꿈을 꾸니 네가 큰 수레를 타고 한없이 가 보이니, 수레라 하는 것은 귀한 사람 타는 것이라. 아마도 오늘 무릉촌 승상 댁에서 너를 가마 태워 가려나 보다."

심청이 들어 보니 분명히 자기 죽을 꿈이로다. 속으로 슬픈 생각 가득하나 겉으로는 아무쪼록 부친이 안심하도록,

"그 꿈이 장히 좋소이다."

대답하고 진짓상을 물려 내고 담배 피워 물려 드

린 후에 사당에 하직 차로 세수를 정히 하고 눈물
흔적 없앤 후에 정한 의복 갈아입고 후원에 들어가
서 사당문 가만히 열고 주과를 차려 놓고 통곡 재
배 하직할 제,

"불효 여식 심청이는 부친
눈 뜨게 하오려고 남경 장사
선인들께 삼백 석에 몸이 팔
려 인당수로 떠나오니, 소녀
가 죽더라도 아비의 눈 뜨게
하고 착한 부인 작배하여 아
들 낳고 딸을 낳아 조상 향화 전하게 하소서."

이렇게 축원하고 문 닫으며 우는 말이,

"소녀가 죽사오면 이 문을 누가 여닫으며 동지,
한식, 단오, 추석 사명절이 온들 주과포혜를 누가
다시 올리오며, 분향재배 누가 할꼬? 조상의 복이
없어 이 지경이 되옵는지, 불쌍한 우리 부친 강근
지친 전혀 없고, 앞 못 보고 형세 없어 믿을 곳이
없이 되니 어찌 잊고 죽어 갈까?"

우르르 나오더니 자기 부친 앉은 앞에 털썩 주저 앉아 '아버지!' 부르더니 말 못하고 기절한다.

심봉사 깜짝 놀라,

"아가, 웬일이냐? 봉사의 딸이라고 누가 정가하더냐? 이것이 회동하였구나. 어쩐 일이냐? 말 좀 하여라."

심청이 정신 차려,

"아버지!"

"오냐."

"제가 불효 여식으로 아버지를 속였소. 공양미 삼백 석을 누가 저를 주오리까? 남경 장사 선인들께 삼백 석에 몸을 팔아 인당수 제수로 가기로 하와 오늘 행선 날이오니 저를 오늘 망종 보오."

사람의 슬픔이 극진하면 가슴이 막히는 법이라, 심봉사 하도 기가 막혀 놓으니 울음도 아니 나오고 실성을 하는데,

"애고, 이게 웬 말이냐, 응? 참말이냐 농담이냐? 말 같지 아니하다. 나더러 묻지도 않고 네 마음대

로 한단 말가?

　네가 살고 내 눈 뜨면 그는 응당 좋으려니와 자식 죽여 눈을 뜬들 그게 차마 할 일이냐? 너의 모친 너를 낳고 7일 만에 죽은 후에, 눈조차 어둔 놈이 품안에 너를 안고 이집 저집 다니면서 동냥 젖 얻어 먹여 그만큼이나 자랐기로 한시름 잊었더니, 이게 웬 말이냐?

　눈을 팔아 너를 살지언정 너를 팔아 눈을 산들 그 눈 해서 무엇하랴? 어떤 놈의 팔자로서 아내 죽고 자식 잃고 사궁지수가 된단 말가?

　네 이 선인 놈들아! 장사도 좋거니와 사람 사다 제수하는 걸 어디서 보았느냐? 눈먼 놈의 무남독녀 철모르는 어린것을 나 모르게 유인하여 산단 말이 웬 말이냐? 쌀도 싫고 돈도 싫고 눈 뜨기 내 다 싫다. 네 이 독한 상놈들아! 생사람 죽이면 대전통편(정조 때 편찬한 법전)율에 걸리렷다!"

이렇듯이 심봉사는 홀로 큰소리하더니 이를 갈며 죽기로 기를 쓰는지라, 심청이가 허겁지겁 부친을 붙잡는다.

"아버지! 아버지! 이 일은 남의 탓이 아니오니 그리 마소서."

부녀가 서로 붙잡고 뒹굴며 통곡하니 도화동의 남녀노소 뉘 아니 슬퍼하리오. 뱃사람들도 모두 눈물진다. 그중의 한 사람이,

"여보시오, 영좌(선장) 영감! 하늘이 낸 큰 효 심소저는 말할 것도 없거니와 심봉사 저 영감이 참으로 불쌍하니 밥 열 숟가락 모아 한 그릇 밥이 된다 하니, 저 양반 남은 여생일랑 굶지 않도록 우리 선인 삼십 명이 주선하여 주도록 하세."

하고 발설하니 모두들 고개를 끄덕이며,

"그 말 옳소!"

하고 돈 삼백 냥, 백미 백 석, 무명 삼베 각 한 바리를 동중으로 들어 놓으며 말한다.

"삼백 냥은 논을 사서 착실한 사람 주어 토지를

경작하고, 백미 열닷 섬은 당년 양식하게 하고, 나머지 팔십여 섬은 해마다 풀어 놓고 장리로 추심하면 양미가 풍족하니 그렇게 하시고, 무명 삼베 각한 바리는 사철 의복 짓게 하소서."

종중에서 의논하여 그리하고 연유를 통문 내어 균일하게 구별하였다.

이때 무릉촌의 장 승상 부인은 심청이가 몸을 팔아 인당수로 간다는 말을 그제서야 듣고 시비를 시켜 심청을 불렀다.

"이 무정한 인간아, 내가 너를 안 후로는 자식으로 여겼는데 너는 나를 잊었느냐? 말을 들으니 선

인들에게 몸을 팔아 죽으러 간다 하니 너의 효심은 지극하나 네가 죽어 될 일이냐? 그토록 일이 되었 거든 나에게 건너와서 그 연유를 말했던들 이 지경을 당하지는 않았을 것을! 어찌 그리 철없이 굴었느냐?"

하며 손을 잡아 이끌고 방 안으로 들어가서 심청이를 앉힌 다음에 타이른다.

"쌀 삼백 석 내줄 터이니 선인 불러 도로 주고 망령된 생각일랑 다시는 품지 마라."

심청이는 이 말 듣고 한동안 생각하더니 천연스레 여쭙는다.

"당초에 아뢰지 못한 일을 이제 와서 후회한들 어찌하며 또 이 한 몸 어버이를 위해 정성을 다하자면 어찌 명색 없는 남의 재물을 바라리까?

이제 와서 백미 삼백 석을 돌려준다면 선인들도 뜻하지 않은 낭패가 될 것이니 그도 또한 어렵고, 한편 사람이 남에게다 한 몸을 허락하여 값을 받고 팔았다가 수삭이 지난 다음 차마 어찌 낯을 들고 보리까?

늙은 아비 두고 죽는 것이 도리어 불효 됨을 모르는 바 아니로되 그것이 천명이니 할 수 없습니다. 부인의 높은 은혜와 어질고 자별하신 말씀 황천에 돌아가 결초보은하겠습니다."

승상 부인은 이 말을 듣고 애석한 마음에 차마 놓지 못하고 통곡한다.

"네가 잠깐 지체하면 화공을 불러들여 네 얼굴, 네 태도를 그대로 그려 두고 내 생전에 두고두고 볼 것이니 잠시 머물러 있어라."

화공이 그림을 그리니 심소저가 둘이었다. 심청이 울며 여쭙는다.

"정녕 부인께서는 전생에 내 부모였으니 오늘날 물러가면 언제 다시 모실 수 있으리까? 소녀 글 한 수 지어 내어 부인 앞에 바치리니 걸어 두면 증험이 있으오리다."

부인이 매우 반겨 붓과 벼루를 내놓는다.

살아 있고 죽어 감이 한 토막 꿈이라.
정이 그립다고 하필이면 눈물을 흘리는가?
세상에 가장 애를 끓는 것이라면
강남이 푸르러도 돌아오지 않음이리.

부인이 또한 두루마리 한 축을 끌러 내어 글 한
수를 단숨에 내리쓴다.

까닭 모를 비바람에 양대(무산 신녀)의 넋은

이름난 꽃을 불어 보내 바다 어귀에 떨어뜨리더
라.

인간계로 귀양살이 온 것을 하늘도 보시겠거늘

죄 없는 부녀가 사랑 어린 은혜를 끊는도다.

심청이는 두 손으로 그 글을 받고 눈물로 이별하
니 무릉촌의 남녀노소 뉘 아니 통곡하랴.

심청이가 돌아오니 심봉사 달려들어 딸아이의 목을 껴안고 뛰며 통곡한다.

"나도 가자, 나하고 가! 혼자 가지는 못한다. 이제는 죽어도 같이 죽고 살아도 같이 살자! 나 버리고 못 간다. 고기밥이 되려거든 너와 나와 같이 되자!"

"우리 부녀간에 천륜을 끊고 싶어 끊고, 죽고 싶어 죽습니까? 불효 여식 청이는 생각지 마시고 아버지 눈을 떠서 광명 천지 다시 보고 착한 사람 배필로 삼아 아들 낳고 후사를 전케 하소서."

심봉사 펄쩍 뛴다.

"애고, 애고. 그 말 하지 마라. 처자 있을 팔자라면 이런 일을 당하겠느냐? 나 버리고는 못 간다."

심청이는 사람을 시켜 부친을 붙들어 앉혀 놓고 울며 당부한다.

"동네 어른님들, 혈혈단신 우리 부친을 내맡기고

죽으러 가는 이 몸은 오직 동중만 믿사오니 굽어 살피소서."

이렇듯이 하직할 제 하느님이 아셨는지 백일은 어디 가고 검은 구름 자욱하다.

이따금 빗방울이 눈물같이 떨어지고 휘늘어져 곱던 꽃은 이울어 빛이 없고, 청산에 초목 수색을 띠어 있고 녹수에 드리운 버들이 수심을 돕는 듯, 우짖는 저 꾀꼬리 너 무슨 회포던가? 너의 깊은 한을 내가 알지 못하여도 통곡하는 내 심사는 네가 혹시 짐작할까?

한 걸음에 눈물지고 두 걸음에 돌아보며 드디어 떠나가니 명도의 풍파가 이제부터 험난하다. 강가에 다다르니 뱃사람이 몰려들어 뱃머리에 좌판 놓고 심소저를 모셔 올려 빗장 안에 앉힌 다음 닻 감고 달아 소리하며 북을 둥둥 울리면서 지향 없이 떠나간다. 배 타고 한가운데 떠서 흘러가니 망망한 창해 중에 가없는 물결이다.

한 곳에 당도하여 닻을 주고 돛을 내리니 이곳이 인당수다. 고기와 용이 싸우는 듯 큰 바다 한 가운데 돛도 잃고 닻도 끊기며, 노도 잃고 키도 빠지며, 바람 불고 물결치고 안개마저 자욱한 날에 아직도 갈 길은 천만 리가 넘으며, 사면이 검게 어둑 저물어 천지와 지척이 똑같이 막막한데 산 같은 파도가 뱃전을 땅땅 치니 당장에 위태로운지라.

도사공 이하가 크게 겁을 먹고 어쩔 바를 몰라 하며 혼비백산하여 고사 절차를 차린다.

섬 쌀로 밥을 짓고 큰 돼지를 잡아 큰 칼 꽂아서 정하게 받쳐 놓고 삼색실과 오색 당속(설탕에 조리 음식)에 큰 소 잡고 동이 술을 곁들이어 방향을 가려 갖다 놓고서, 심청이를 목욕시켜 의복을 정히 입히고 뱃머리에 앉힌 다음 도사공이 고사를 올리는데, 북채를 갈라 쥐고 북을 둥둥 둥둥, 두리 둥둥 울린다.

"헌원씨가 배를 만들어 가지 못하던 길을 통하게 한 후로 뒷사람들이 본받아 저마다 이로써 업을 삼으니 막대한 공이 아닙니까? 하우씨(우왕)는 9년 치수에 배를 타고 다스려 오복(도읍을 중심으로 다섯 지방)을 구제하고 다시 구주(중국 땅은 아홉 주)로 돌아들 때 배를 타고 기다렸으며, 제갈공명의 높은 조화도 동남풍을 불러 일으켜 조조의 백만 수군을 주유를 시켜 불을 질러 적벽대전할 적에 배 아니면 어찌하였으리오?

우리 동무 스물네 명 상가(장수)로 업을 삼아 십오 세에 배를 타서 여러 해를 거듭하여 남방을 떠돌다가 오늘날 인당수에 제물을 바치오니 동해 신 아명이며, 남해 신 축융이며, 서해 신 거승이며, 북해 신 옹강이며 모든 강물의 신과 모든 냇물의 신이 이 제물을 드시고 여러 신령께서 한결같이 굽어 살피시어 비렴(바람 신)으로 하여금 바람 주시고, 해약(바다 신)으로 하여금 인도케 하여 황금 더미로 우리의 소망을 이루어 주소서. 고수레! 둥둥."

빌기를 마치고 심청이더러 물에 들라 하며 뱃사공들이 재촉하니 심청이는 뱃머리에 우뚝 서서 두 손을 합장하고 하느님께 빈다.

"비나이다, 비나이다. 심청이 죽는 것은 추호도 서럽지 않으나 앞 못 보는 우리 부친 천지에 사무치는 원한을 살아생전에 풀어 드리려고 죽음을 당하오니 하느님이 굽어 살피시어 우리 부친 어두운 눈을 불원간 밝게 하시어 광명 천지를 보게 하소서."

다시 뒤로 펄썩 주저앉더니 도화동을 향하면서,

"아버지, 나 죽소! 어서 눈을 뜨소서!"

손을 짚고 일어서서 사공들에게,

"여러 선인 상가님네들, 평안히 가시고 억만금의 이를 얻어 이 물가를 지날 때면 나의 혼백 넋을 불러 떠돌이 귀신을 면케 하여 주오."

이르고 빛나는 눈을 감고 치마폭을 뒤집어쓰고 이리저리 저리이리 뱃머리로 와락 나가 푸른 물에 풍덩 빠지니 물은 인당수요, 사람은 심봉사의 딸

심청이라. 인당수 깊은 물에 힘없이 떨어진 꽃 헛되이 고기 뱃속에 장사지냈단 말인가?

그 배의 영좌는 한숨지며 통곡하고 삿대잡이는 엎드려 운다.

"하늘이 낸 큰 효 심소저는 아깝고 불쌍하다. 부모 형제가 죽었다 한들 이에 더할쏘냐?"

한편 이 무렵 무릉촌의 장 승상 부인은 심소저를 이별하고 애석한 마음을 이기지 못하여 심소저의 화상 족자를 벽 위에 걸어 두고 날마다 살펴보는데, 하루는 족자 빛이 검어지며 화상에서 물이 흐르므로 부인이 놀란다.

"이제는 죽었구나!"

슬픔을 못 이기어 애간장이 끊어지는 듯, 가슴이 터지는 듯 기막혀 슬피 우는데 이윽고 족자 빛이 완연히 새로워지니 마음에 괴이쩍게 여기었다.

"누가 건져 내어 목숨을 부지하였는가? 푸른 바다 만리 밖 소식 어찌 알리?"

　그날 밤 삼경 초(밤 11시)에 제물을 갖추어 시비에게 들리고 강가에 나가 백사장 정한 곳에 주과포를 벌여 놓고 승상 부인은 몸소 축문을 크게 읽어 심소저의 넋을 위로하며 제사를 지냈다.

　강촌에 밤이 깊어 사면이 고요한데,

　"심소저야, 심소저야! 아깝도다, 심소저야! 앞 못 보는 부친 눈을 뜨게 하려 평생 한이 되는지라. 네 효성이 죽기로써 갚으려고 실낱 같은 목숨을 스스로 내던져 고기 뱃속 넋이 되니 가련하고 불쌍코나! 하느님은 어찌하여 너를 내고 죽게 하며, 귀신은 어찌하여 죽는 너를 못 살리나? 네가 나지 말았

거나 내가 너를 몰랐거나 할 것이지 생리사별이 웬 말인고?

그믐이 되기 전에 달이 먼저 기울었고 모춘이 되기 전에 꽃이 먼저 떨어지니 오동에 걸린 달은 뚜렷한 네 얼굴이 다시 온 듯, 이슬에 젖은 꽃은 천연한 네 몸가짐 눈앞에 내리는 듯, 대들보에 앉은 제비 아름다운 네 소리로 무슨 말을 하소연할 듯, 두 귀밑의 머리털은 이로 하여 희어지고 인간계에 남은 세월 너로 인해 재촉되니, 무궁한 나의 수심을 너는 죽어 모르거니와 나는 살아 고생이렷다. 한잔 술로 위로하니 꽃다운 넋이여, 오호라 슬프구나, 상향!"

부인이 눈을 씻고 제물을 조금씩 뜯어 물에 띄울 제 술잔이 뒹구니 심소저의 혼이 온 듯하여 부인은 그지없이 서러워하며 집으로 돌아갔다.

대저 이 세상같이 억울하고 고르지 못한 것은 없으리라. 가난하고 약한 사람은 그 부모가 낳은 몸과 하늘이 주신 귀중한 목숨도 보전치 못하고 심청이 같은 하늘이 낸 큰 효가 필경에는 인당수 물에 가련한 몸이 잠기게 되었다.

그러나 그가 잠긴 곳은 물속이 아니라 이 인간계를 영이별하고 간 하늘의 상계이니 하느님의 능력이 한없이 큰 세상이다. 이욕에 눈이 어두운 인간계의 사람들과 말 못하는 부처는 심청이를 돕지 못하였으나 인당수의 물귀신이야 심청이를 알아보지 못하리오?

그때 옥황상제께서 사해 용왕에게 분부를 내리시었다.

"명일 오시 초각에 인당수 바다 속으로 하늘이 낸 큰 효 심청이가 떨어질 터이니 그대들은 등대하

였다가 수정궁에 영접하고, 다시 영을 기다려 도로 그를 인간계로 보내되 만일에 시각을 어기는 날에는 사해의 수궁 제신들이 죄를 면치 못하리라."

이렇듯 분부가 지엄한지라 사해의 용왕들이 황겁하여 원참군 별주부와 백만의 철갑제강(게나 조개)이며 무수한 시녀들로 하여금 백옥 교자를 채비하고 그 시각을 기다릴 때, 오시 초각이 되자 백옥 같은 한 소저가 바다 위로 떨어지매 여러 선녀들이 이를 옹위하여 심소저를 고이 모셔 교자에 앉히니, 심소저는 정신을 가다듬고 사양한다.

"나는 속세의 천한 몸이니 어찌 황공하여 용궁의 교자를 탈 수 있겠습니까?"

여러 시녀가 여쭙는다.

"옥황상제께서 분부를 내리셨습니다. 만약에 지체하시면 사해 수궁에 탈이 나니 지체 마시고 타십시오."

심청이는 사양하다 못하여 교자에 올라앉으니 여러 선녀들이 옹위하여 수정궁으로 들어갈 때 위의

가 굉장하다. 옥황상제의 명이거늘 어찌 거행함이
범연하랴. 사해의 용왕들이 각기 선녀를 보내어 조
석으로 문안하고 번갈아 가며 시위할 때 3일에 소
연이요, 5일에 대연으로 극진히 위로한다.

심소저가 이렇듯이 수정궁에 머무를 때 하루는
하늘에서 옥진부인이 오신다 하나 심소저는 누구인
지 모르고 일어서 바라보니, 오색구름이 푸른 하늘
에 서리며 요란한 풍악이 궁중에 낭자하더니 머리
바른쪽에는 단계화요, 왼쪽에는 벽도화로 청학과
백학이 옹위하고 공작새는 춤을 추고, 안비는 인도
하며 천상 선녀 앞을 서서 용궁 선녀 뒤를 서서 엄
숙하게 내려오니 보던 중 처음이
다. 이윽고 다다르자 교자에서
옥진부인이 내려 안으로 들어
온다.

"청아, 너의 어미 내가 왔다."

"애고, 어머니!"

심소저는 우르르 달려들어 모

친 목을 덥석 잡고 웃다 울다 하면서 말한다.

"변변치 못한 소녀 몸이 부친 덕에 아니 죽고, 십오 세가 다하도록 모녀간에 어머니가 중하거늘 이날 이때껏 얼굴을 모르기로 평생에 한이 되어 잊을 날이 없더니, 오늘에야 모녀가 상봉하여 나는 한이 없거니와 외로우신 아버지는 누구 보고 반기실까?"

그러구러 모녀가 어울려서 여러 날을 수정궁에 머물러 있더니 하루는 옥진부인이 심청이한테 말한다.

"반가운 마음이야 한량없건마는 옥황상제의 처분으로 맡은 직분이 허다하므로 오래 지체를 못하겠구나. 오늘은 너와 이별하고, 네가 장차 부친을 만나게 될 줄 네 어찌 알랴만 후일에 서로 반길 때가 있으리라."

옥진부인 일어서서 손을 잡고 작별하더니 공중을 향하여 홀연 삽시간에 사라지니 심청이는 할 수 없이 눈물로 하직하고 계속 수정궁에 머물러

있었다.

이럴 즈음 옥황상제께서는 심낭자의 출천대효를 가상히 여기시고 수정궁에 오래 둘 도리가 없는지라, 사해 용왕에게 다시 전교를 내리셨다.

"대효 심낭자를 옥정연화 꽃봉오리 속에 아무쪼록 고이 모셔, 오던 길인 인당수로 도로 내보내라."

꽃봉오리 속의 심낭자는 가는 바를 모르는데 수정문 밖 떠날 적에 하늘에서 사나운 비바람이 없이 맑게 개었으며 바다 또한 잔잔하여 파도 일지 않는다. 때는 봄이라 해당화는 바닷물에 피어 있고 동풍에 푸른 버들은 바닷가에 가지를 드리웠는데 고기 낚는 저 어부는 시름없이 앉았구나.

한 곳에 다다르니 날씨가 명랑하고 사면이 광활하다. 심청이가 정신을 가다듬고 둘러보니 용궁 가던 인당수라. 슬프다, 이 역시 꿈을 꿈이 아닐까?

바로 그 무렵, 남경으로 장사하러 갔던 선인들이 심낭자를 제수로 바친 덕에 그 행보에 이를 남겨 돛대 끝에 큰 기 꽂고 웃음으로 지껄이며 춤추고 돌아오다 인당수에 다다르니, 큰 소 잡고 동이술에 각종 과실 차려놓고 북을 치며 제를 지내던 참이다.

해상을 바라보니 난데없는 꽃 한 송이 물 위로 덩실덩실 떠내려 오기에 선원들이 내다르며 말한다.

"이애야, 저 꽃이 웬 꽃이냐? 천상의 월계화냐, 요지의 벽도화냐? 천상 꽃도 아니요, 세상 꽃도 아닌데 해상에 홀로 있을진대 아마도 심낭자의 넋인가 보다."

이같이 공론이 분분할 때 백운이 자욱한 가운데 산뜻하게 푸른 옷을 떨쳐입은 선관 하나가 공중에 학을 타고 외쳐 이른다.

"해상에 떠 있는 선인들아, 꽃 보고 떠들지 마라. 그 꽃은 천상의 귀한 꽃이니 타인은 일체 접근

치 말 것이며 각별 조심하여 고이 모셔다가 천자께 진상토록 하라. 만일 그리 아니하면 뇌성 보화 천존으로 하여금 생벼락을 내리도록 하련다."

뱃사람들 그 말 듣고 황겁하여 벌벌 떨면서 그 꽃을 고이 건져 빈칸에 모신 후에 청포장을 둘러치고 내외 제례가 분명하였다. 닻을 감고 돛을 다니 순풍이 절로 일어 서울 남경을 순식간에 당도하여 해안에 배를 대었다.

때는 바로 경진년 3월이라. 당시 송나라 천자께옵서는 황후의 상사를 당하였으니 억조창생 만민들은 이를 것도 없거니와 조공하는 열두 나라 사신들은 황황급급 분주한데, 천자는 마음이 어지러워 슬픔을 가라앉히려고 각색 화초를 고루고루 구하여서 상림원에 채우고 황극전 앞뜰에 골고루 심었으니 기화요초가 아니랴! 이렇듯 여러 가지 화초가 만발한데 꽃 사이로 쌍쌍이 범나비는 꽃을 보고 반기며 너울너울 춤을 출 제 천자는 슬픔을 잠시 잊고 마음에 기꺼워 꽃을 보고 즐거워하시었다.

　마침 이때 남경 장사 선인들이 희귀한 꽃 한 송이를 진상하니, 천자는 이를 보고 매우 기꺼워하시며 옥쟁반에 받쳐 놓고 진종일 그 꽃을 사랑하시니 구름 같은 황극전에 날이 가고 밤이 들어도 들리는 것은 시각을 알리는 경점 소리뿐이었다.

　천자가 잠자리에 드시니 비몽사몽간에 봉래산 선관이 학을 타고 분명히 내려와서 천자 앞에 돌연히 이른다.

　"황후가 돌아가셨음을 상제께서 아시고 인연을 보내셨으니 폐하께서는 어서 바삐 살피소서."

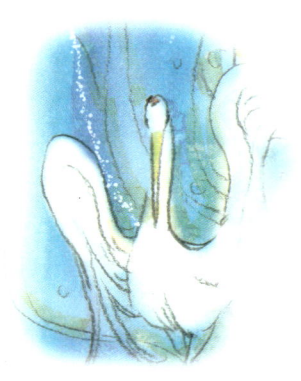

　천자가 잠을 깨시고 자리에서 일어나 천천히 거닐다가 궁녀를 급히 불러 옥쟁반의 꽃을 살피시니 보던 꽃이 없고 한 낭자가 앉아 있으매 천자는 매우 기꺼워한다. 이튿날 아침에 삼태

육경을 비롯하여 만조백관 문무 제신을 불러 놓고 천자께서 이르신다.

"짐이 간밤에 꿈을 꾼 후 기이하기로 어제 선인들이 진상한 꽃을 보니 그 꽃은 간 곳이 없고 다만 한 낭자가 앉았는데 황후의 기상인지라, 짐은 이를 하늘이 정한 연분으로 여기거니와 경들의 뜻은 어떠한가?"

문무 제신이 일제히 아뢴다.

"황후께서 승하하셨음을 상천이 아시고 인연을 보내셨으니 국운이 무궁하여 하늘이 보호하심입니다. 국가의 경사 이에 더함이 없는 줄로 아뢰오."

이리하여 대례를 마친 다음 심낭자를 금덩(비단으로 장식한 가마)에 고이 모셔 황후전에 들게 하니 위의와 예절이 거룩하고 화사했다. 이로부터 심황후의 어진 덕이 천하에 고루 퍼지니, 조정의 문무백관과 각성 자사와 열읍 태수와 만백성이 엎드려 축원한다.

"우리 황후 어진 성덕 만수무강하소서."

이즈음 심봉사는 딸을 잃고 실성하여 날마다 탄식할 제 봄이 가고 여름 되니 녹음방초도 원망스럽고 자연을 노래하는 새도 심봉사를 비웃는 듯하여 눈물지며 허송세월하였다.

인간에 있어 가장 절실한 정은 천륜이라, 심황후는 귀한 몸이 되었으나 앞 못 보는 부친 생각이 무시로 솟아올라 홀로 앉아 근심과 탄식하는 날이 많았다. 이럴 즈음 천자께서 내전에 들어와 황후를 보시니 눈에 눈물이 서려 있고 얼굴에 수심이 가득하기에 천자께서 물으신다.

"황후는 미간에 수심이 가득하니 어인 일이오?"

황후가 꿇어앉으며 나직이 여쭙는다.

"신첩은 본래 용궁인이 아니라 황주 도화동에 사는 심학규의 딸인데, 첩의 부친이 앞을 보지 못하는지라 철천지한이더니 부처님께 공양미 삼백 석을 시주하면 감은 눈을 뜬다 하기로 남경 장사 선인들

에게 이 몸을 팔아 인당수에 빠졌습니다. 하늘이
굽어 살피시어 몸은 귀하게 되었으나 천지 인간 병
신 중에는 소경이 제일 불쌍하니 맹인 불러 음식을
내려 주시면 첩의 천륜을 찾을까 합니다."

황제가 즉시 근신을 불러 연유를 하교하시며 금
월 말일 황성에서 맹인 잔치를 베푼다는 칙지를 선
포하여 모든 맹인들을 상경토록 하였다. 그러나 심
봉사는 어디 갔기로 이 경사를 모르는가?

이때 심학규는 몽운사 부처가 영험이 없었는지
딸 잃고 쌀 잃고 눈도 뜨지 못해 지금껏 봉사 그대
로 있는지라. 그중에서 눈만 못 떴을 뿐 아니라 생
애의 고생이 세월을 따라 더욱 깊어간다.

도화동 사람들은 당초의 남경 장사 부탁도 있고
곽씨 부인을 생각하든지 심청의 정곡을 생각하여도
심봉사를 위하여 마음 극진히 써서 돕는 터라. 그
때 선인이 맡긴 전곡을 착실히 이삭을 늘여 가며
심봉사의 의식을 넉넉케 하고 행세도 차차 늘어 가

더니, 이때 마침 본촌에 뺑덕어미라 하는 계집이 있어 행실이 간악한데 심봉사의 가세 넉넉한 줄 알고 자원하여 첩이 되어 심봉사와 사는데, 이 계집의 버릇은 아주 인중지말(사람 중의 말종)이라.

그렇듯 어두운 중에도 심봉사를 더욱 고생되게 가세를 결판내는데 쌀을 주고 엿 사먹기, 벼를 주고 고기 사기, 잡곡으로 돈을 사서 술집에서 술 먹기와 이웃집에 밥 부치기, 빈 담뱃대 손에 들고 보는 대로 담배 청하기, 이웃집에 욕 잘하고 동무들과 싸움 잘하고 정자 밑에 낮잠 자기, 술 취하면 한밤중 긴 목 놓고 울음 울고 동리 남자 유인하기, 일년 삼백육십 일을 입 잠시 안 놀리고는 못 견디어 집안의 살림살이 홍시감 빨듯 홀짝 없이 하되,

심봉사는 다년간 공방으로 지내던 터라 기중 실가지락(부부 사이의 금슬)이 있어 삯 받고 관가 일 하듯 하되,

뺑덕어미는 마음먹기를 형세를 털어 먹다 2, 3일 양식할 만큼 남겨놓고 도망할 작정으로 유월 까마귀 곤 수박 파먹듯 불쌍한 심봉사의 재물을 주야로 퍽퍽 파던 터라.

하루는 심봉사 뺑덕어미를 불러,

"여보소, 우리 형세가 매우 착실하더니 지금 남은 살림 얼마 아니 된다 하니 내 도로 빌어먹기 쉬운 즉 차라리 타관에 가 빌어먹세. 본촌에는 부끄럽고 남의 책망 어려우니 이사하면 어떠한가?"

"매사를 가장 하라는 대로 하지요."

"당연한 말이로세. 동리 사람에게 빚이나 없나?"

"내가 줄 것 조금 있소."

"얼마나 되나?"

"뒷동리 높은 주막에 가 해정주 한 값이 마흔 냥."

심봉사 어이없어,

"잘 먹었다. 또 어데?"

"저 건너 불똥이 함씨에게 엿 값이 서른 냥."

"잘 먹었다. 또."

"안촌 가서 담배 값이 쉰 냥."

"이것 참 잘 먹었네."

"기름 장사한테 스무 냥."

"기름은 무엇했나?"

"머리 기름 했지."

심봉사 기가 막히고 하도 어이가 없어,

"실상 얼만큼 아니 되네."

"고까짓 것 무엇이 많소?"

한참 이렇듯 문답하니 심봉사는 그 재물을 생각할 적이면 딸의 생각이 더욱 뼈가 울리며 간절한지라. 여광여취(미친 듯도 하고 취한 듯도 함)한 듯 홀로 뛰어나와 심청 가던 길을 찾아 강변에 홀로 앉아 딸을 불러 우는 말이,

"내 딸 심청아, 너는 어이 못 오느냐. 인당수 깊은 물에 네가 죽어 황천 가서 너의 모친 뵈옵거든 모녀간의 혼이라도 나를 어서 잡아 가거라."

이렇듯이 눈물을 흘리고 있을 때 관차가 심봉사
강변에서 운단 말을 듣고 강변으로 쫓아와서,

"여보, 봉사. 관가님께서 부르시
니 어서 바삐 가십시다."

심봉사 이 말 듣고 깜짝 놀라,
"나는 아무 죄가 없소."

"황성 맹인 잔치한다니 어서
급히 올라가라."

심봉사 대답하되,

"옷 없고 노자 없어 황성 천리 못 가겠소."

관가에서도 심봉사 일을 다 아는지라 노자를 내
어 주고 옷 일습을 내어 주며 어서 바삐 올라가라
하니 심봉사 하릴없이 집으로 돌아와 마누라를 부
른다.

"뺑덕이네."

뺑덕어미는 심봉사가 홧김에 물에 빠진 줄 알고
남은 살림 내 차지라고 속으로 은근히 좋아하더니
심봉사가 들어오니 급히 대답하되,

"네, 네."

"여보, 마누라. 오늘 관가에 갔더니 황성서 맹인 잔치를 한다고 날더러 가라 하여 내 갔다 올 터이니 집안을 잘 살피고 나 오기를 기다리시오."

"여필종부라니 가군 가는데 나 아니 갈까? 나도 같이 가겠소."

"자네 말이 하도 고마우니 같이 가볼까? 건넌말 김 장자에게 돈 삼백 냥 맡겼으니 그 돈 중에 오십 냥 찾아 가지고 가세."

"에그, 봉사님. 딴소리 하네. 그 돈 삼백 냥 벌써 찾아 이달의 살구 값으로 다 없앴소."

심봉사 기가 막혀,

"삼백 냥 찾아온 지 며칠 아니 되어 살구 값으로 다 없앴단 말이야?"

"고까짓 돈 삼백 냥을 썼다고 그같이 노여워하나?"

"네 말하는 꼴 들어본즉 귀덕이네 집에 맡긴 돈도 또 썼겠구나."

뺑덕어미 또 대답하되,

"그 돈 백 냥 찾아서는 떡 값, 팥죽 값으로 벌써 다 썼소."

심봉사 더욱 기가 막혀,

"애고, 이 몹쓸 년아. 출천대효 내 딸 심청이 인당수에 망종 갈 제 사후에 신세라도 의탁하라 주고 간 돈, 네년이 무엇이라고 그 중한 돈을 떡 값, 살구 값, 팥죽 값으로 다 녹였단 말이냐?"

"그러면 어찌하여요? 먹고 싶은 것 안 먹을 수 있소?"

뺑덕어미가 살망을 피우며,

"어쩐 일인지 지난달에 몸 구실을 거르더니 신 것만 구미에 당기고 밥은 아주 먹기가 싫어요."

그래도 어리석은 사내라 심봉사 이 말을 듣고 깜짝 놀라,

"여보게, 그러면 태기가 있나 보오. 그러하나 신 것을 많이 먹고 애를 나면 그놈의 자식이 시큰둥하여 쓰겠나? 남녀간에 하나만 낳소. 그도 그러려니

와 서울 구경도 하고 황성 잔치 같이 가세."

이렇듯 말하며 행장을 차릴 적에 심봉사 거동 보소. 제주 양태, 굵은 베로 중치막에 목전 대 둘러 띠고, 노수 냥을 보에 싸서 어깨 너머 둘러메고, 소상반죽 지팡이를 왼손에 든 연후에 뺑덕어미 앞세우고 심봉사 뒤를 따라 황성으로 올라간다.

한 곳에 다다라서 한 주막에서 자노라니, 그 근처에 황봉사라 하는 소경이 뺑덕어미가 잡것인 줄 인근 읍에 자자하여 한번 보기를 원하였는데, 뺑덕어미네가 으레 그곳에 올 줄 알고 그 주인과 의논하여 뺑덕어미를 유인할 제 뺑덕어미 속으로 생각하되,

'심봉사 따라 황성 잔치 간다 해도 눈뜬 계집이야 참례도 못할 터이요, 집으로 가자니 외상값에 졸릴 테니 집에 가 살 수 없은즉 황봉사를 따라가면 일

신도 편코 한철 살구는 잘 먹을 터이니 황봉사를
따라가리라.'

하고 심봉사의 노자 행장까지 도적해 가지고 밤
중에 도망을 하였더라. 불쌍한 심봉사는 아무 것도
모르고 식전에 일어나서,

"여보소, 뺑덕어미. 어서
가세. 무슨 잠을 그리 자나."
하며 말을 한들 수십 리나
달아난 계집이 대답이 있을
수 있나.
"여보소, 마누라."
아무리 하여도 대답이 없으니
심봉사 마음에 괴이하여 머리맡을
더듬은즉 행장 노자 싼 보가 없는지라

그제야 도망한 줄 알고,

"애고, 이 계집 도망하였나?"

심봉사 탄식한다.

"여보게, 마누라. 나를 두고 어데 갔나? 나도 가

세, 마누라. 나를 두고 어데 갔나? 황성 천리 먼먼 길을 누구와 함께 동행하며 누구를 믿고 가잔 말인가. 나를 두고 어데 갔나? 애고, 애고. 내 일이야."

이렇듯 탄식하다가 다시 생각하고,

"아서라, 그년 생각하니 내가 잡놈이다. 현철하신 곽씨 부인 죽은 양도 보았으며 출천대효 내 딸 심청 생이별도 하였거늘, 그 망할 년을 다시 생각하면 내가 또 잡놈이다. 다시는 그년을 생각하면 말도 아니 하리라."

하더니 그래도 또 못 잊어,

"애고, 뺑덕어미."

부르며 그곳에서 떠났더라.

외로운 나그네로 그렁그렁 가노라니 때는 마침 오뉴월 더운 때라 무더위는 불 같은데 비지땀 흘리면서 한 곳에 당도하니 희맑은 시냇가에 멱 감는 아이들이 저희끼리 재담하며 물 소리를 내는지라. 심봉사,

"에라, 나도 목욕이나 하여야겠다."

하고 고의적삼 활활 벗고 시냇물에 들어앉아 목
욕을 한참 하고 물가로 나오면서 옷을 찾아 더듬으
니 심봉사보다 더 궁한 도둑놈이 집어 들고 달아났
다. 벌거벗은 알봉사가 불같이 따가운 볕에 땀을
뻘뻘 흘리면서 홀로 앉아 탄식한들 그 뉘가 옷을
주랴?

그럴 즈음 무릉 태수가 황성 갔다 오는 길에 벽
제 소리 요란하다. 벌거벗은 알봉사가 불두덩만 감
싸 쥐고 소리친다.

"아뢰어라! 아뢰어라! 급창아, 아뢰어라! 황성 가
는 봉사다. 진정(사정을 진술함) 차로 아뢰어라."

행차가 머물렀다.

"소맹은 황주 도화동에 사는데 맹인 잔치에 가다
가 하도 덥기로 이 물가에 목욕하던 사이에 의복과
행장 일체를 잃었으니 세세히 두루 찾아 주시오."

옷을 얻어 입고 심봉사가 겨우 황성에 당도하니
각도 각읍 소경들이 들거니 나거니로 객사마다 들
끓었다. 소경이란 소경들은 장안에 그득하니 눈이

성한 사람마저 병신으로 보였다.

분부 받은 군사들이 푸른 영기 둘러메고 골목골
목 두루 돌며 큰소리로,

"각도 각읍 소경님네, 맹인 잔치 끝막이니 바삐
가서 참례하오."

알리며 지나가매 객사에서 한숨 쉬던 심봉사 바
삐 떠나 대궐로 찾아드니 수문장이 좌기하고 낱낱
이 오는 소경 점고하여 들이었다.

이때에 심황후는 나날이 오는 소경들의 거주, 성
명을 받아 보나 목을 늘여 고대하는 부친 성명 없

는지라 눈물 흘리며 탄식했다. 삼천 궁녀 시위하니
크게 울지 못하고 옥난간에 나앉아서 문설주에 옥
면을 대고 혼잣말로,

"불쌍하신 우리 부친 세상에 사셨나 죽으셨나?
부처님이 영검하여 그동안에 눈을 떠서 맹인 잔치
빠지셨나? 당년 칠십 노환으로 병이 들어 못 오시
나? 오시다가 멀고 먼 길 노중에서 무슨 낭패 보셨
는가? 이 몸이 살아나서 귀하게 되었음을 아실 리
가 만무하니 안타깝고 원통하다."

이렇듯 탄식하는데, 이윽고 모든 소경들이 궁중
으로 들어와서 벌려 앉거늘, 말석에 앉은 소경을

유심히 바라보니 머리는 백발이나 귀 밑에 검은 때가 있는 것이 부친이 분명했다. 심황후 시녀를 불러 분부한다.

"저기 앉은 늙은 소경 이리로 데려와서 거주, 성명을 아뢰게 하라."

심봉사는 더듬더듬 일어나 시녀를 쫓아 조심조심 탑전으로 들어가서,

"소생은 본래 황주 도화동에 거주하는 심학규라 합니다. 이십에 소경이 되고 사십에 상처하여 강보에 싸인 딸을 동냥젖을 얻어 먹여 근근이 키워 내어 십오 세가 되었는데 이름은 심청이요, 효성이 지극하였습니다.

그것이 밥을 빌어 연명하며 살아갈 제 몽운사 부처님께 공양미 삼백 석을 지성으로 시주하면 감은 눈을 뜬다기로 남경 장사 선인들께 공양미를 얻으려고 아주 영영 팔려 가서 인당수에 죽었으나 딸만 죽고 눈 못 뜨니 몹쓸 놈의 팔자소관 진작 죽자 하다가 탑전에서 세세한 연유를 낱낱이 아뢰고 죽어

갈 모양으로 불원천리 왔습니다."

원통한 신세 사연을 낱낱이 아뢰고 엎어져 백수 풍진 고루 겪은 두 눈에서 피눈물 흐르더니,

"애고, 내 딸 청아!"

하고 땅을 치고 통곡함을 마지않았다. 심황후가 이 말을 들으시매 말을 다 마치지도 아니하여 눈에서는 피가 돋고 뼈는 녹는 듯하기에 부친을 부축하여 일으켰다.

"애고, 불쌍한 아버지! 어서 눈을 떠서 나를 보소서."

이 말을 들은 심봉사가 어찌나 반갑던지,

"으흐흐! 이게 웬일일꼬? 출천대효 내 딸 청이 살았다니 그게 웬 말이냐? 내 딸이면 어디 보자!"

하는데 흰 구름이 자욱하며 청학, 백학, 난봉, 공작이 운무 중에 오고 가며 심봉사의 머리 위로 안개마저 서리며 심봉사의 두 눈이 번쩍 뜨이매 천지일월 밝아진다.

심봉사 마음에 흐뭇하나 어찌할 바 모르면서 큰

소리를 질렀다.

"에구머니! 애고, 어쩐 일로 양쪽 눈이 허전하더니 온 세상이 환하구나! 감았던 눈 번쩍 뜨니 천지 일월 반갑도다!"

딸의 얼굴 쳐다보니 칠보화관이 황홀하여 뚜렷하고 어여쁘다. 심봉사는 그제야 눈 뜬 줄을 알아차려 사방을 둘러보니 형형색색 반갑도다. 어찌나 반갑던지 심봉사는 와락 달려들었다.

"이분이 누구뇨? 갑자 시월 초파일날 꿈에 보던 얼굴일세. 음성은 같다마는 얼굴은 초면일세. 허허, 세상 사람들아, 고진감래 흥진비래는 나를 두고 한 말일세. 얼씨구 좋을씨구, 지화자 좋을씨구!

어두컴컴한 빈방 안에 불 켠 듯이 반가우며 산양수 큰 싸움에 조자룡 본듯 반갑도다! 어둡던 두 눈 뜨니 황성 대궐이 웬 말이며, 궁중을 살펴보니 죽은 몸이 한 세상에 황후 되고, 사십여 년 긴긴 세월 앞 못 보던 내 눈을 홀연히 다시 뜨니 이는 모두 옛글에도 없는 일. 허허, 세상 이런 말을 들었는가? 얼씨구 좋을씨구, 지화자 좋을씨구! 이런 경사 어디 있나? 칠십 평생 처음일세!"

심황후도 진심으로 기뻐하며 부친 손을 이끄시고 삼천 궁녀 옹위하여 내전으로 들어가니, 황제 또한 기꺼움을 못 이기며 소경 아닌 심학규를 부원군에 봉하시고 저택이며 전답이며 남녀 종을 내리셨다.

심 부원군이 선영과 곽씨 부인 산소에 영분을 한 연후에 황성 올라오다 중로에서 인연 맺은 안씨 맹인을 맞아들여 그에게서 칠십에 생남하고, 심황후의 어진 성덕 천하에 가득하니 만백성들 천세 만세를 부른다. 그리하여 만백성이 심황후를 본받으니 효자 열녀가 곳곳에서 나왔다.

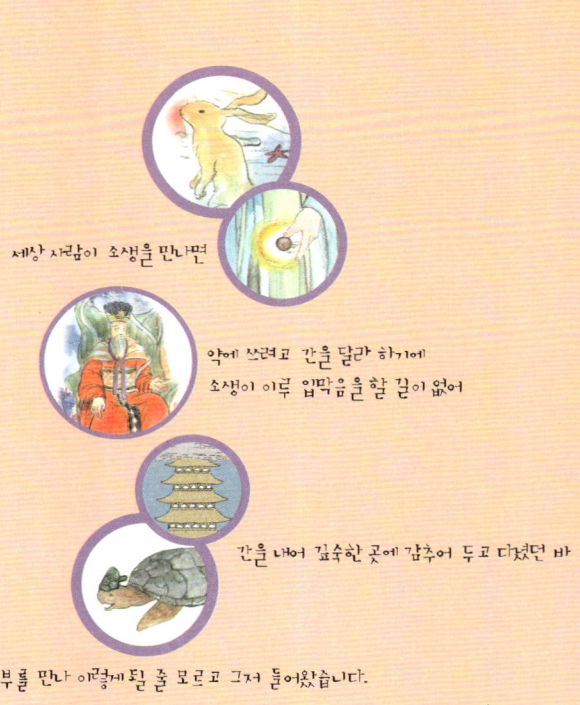

세상 사람이 소생을 만나면

악에 쓰려고 간을 달라 하기에
소생이 이루 입막음을 할 길이 없어

간을 내어 깊숙한 곳에 감추어 두고 다녔던 바

마침 별주부를 만나 이렇게 될 줄 모르고 그저 들어왔습니다.

토끼전

토끼전 미리보기

용왕이 병이 나자 도사가 나타나 육지에 있는 토끼의 간을 먹으면 낫는다고 한다. 용왕은 수궁의 대신을 모아 놓고 육지에 나갈 사자를 고르는데 서로 다투기만 할 뿐 결정을 하지 못한다. 이때 별주부 자라가 용왕의 명을 받고 토끼의 간을 구하기 위해 육지로 간다. 토끼 화상을 가지고 육지에 다다른 자라는 산중에서 토끼를 만나자 수궁에 가면 높은 벼슬을 주겠다는 말로 토끼를 유혹한다.

자라의 말에 속은 토끼는 자라를 따라 용궁에 이른다. 용왕은 토끼를 보자 배를 갈라 간을 꺼내라고 한다. 그러자 토끼는 꾀를 내어 간을 육지에 두고 왔다고 한다. 용왕은 토끼를 환대하면서 다시 육지에 가서 간을 가져 오라고 한다.

자라와 함께 육지에 이른 토끼는 자라를 조롱하며 달아나는데 너무나 기쁜 나머지 앞뒤 분별없이 뛰어가다가 그물에 걸리지만 쉬파리를 보고 꾀를 생각해 내어 간신히 위기를 모면한다.

토끼전 핵심보기

《토끼전》의 주제는 충(忠)을 앞세운 중세적 유교의 지배 논리를 강조하는 경우, 충과 유교적 도덕론에 대한 야유와 비판, 서민적·풍자적 해학이 주제인 경우, 또 이들 양자가 공존 내지 혼재하는 경우의 세 가지 양상으로 나타난다.

《토끼전》은 동물들을 등장시켜 풍자적으로 묘사한 의인 소설이자 우화 소설이다. 조선의 고전 소설에는 실화(實話)가 모델이 되어 작품으로 정착된 것이 많다. 그런데 전래되어 내려오는 우화가 소설의 소재가 된 것 또한 적지 않다.

전해 내려오는 우화란 한다면 과거에는 설화 문학으로서 벌써 오랫동안 민간에 유행되어 문자로 기록되지 않은 문학으로 일반 대중에게 환영을 받았다. 그러는 사이에 대중의 생활이 그 가운데로 스며 들어가고 때마침 소설이 널리 읽힘에 따라, 누군가가 문자로 옮겨 작품화된 것이라 할 수 있다.

오장 육부에 붙은 간을 어이 출납 하리오……

화설(話說). 대명(大明) 성화(成化) 연간에 북해 용궁 광택왕(廣澤王) 옹강(禹强)이 즉위하였는데, 하루는 우연히 병을 얻어 병세가 점점 심하여졌으나 백 가지 약이 효험이 없어 수궁(水宮)이 몹시 당황하였다. 하루는 홀연히 도사(道士)가 이르러 말하기를,

"대왕의 병환이 비록 삼신산(三神山) 선약(仙藥)이라도 효험이 없을 것이니 육지에 나가 토끼의 간(肝)을 꺼내어 환약을 만들어 잡수시면 곧 나을 것입니다."

했다. 용왕이 도사의 말을 듣고 여러 신하들을

모아 놓고 의논하는데 한 사람이 나와서,

"소신이 비록 재주가 없사오나 인간 세상에 나가 토끼를 사로잡아 오겠습니다."

하여 모두 보니 거북의 이성사촌 별주부(鼈主簿)였다. 왕이 크게 기뻐하여 말하기를,

"그대의 충성이 가히 아름답도다."

하고 곧 화사(畵師)를 불러 토끼 화상(畵像)을 그려 별주부를 주니 별주부가 토끼 화상을 받아 가지고 하직(下直)하려 하는데 왕이 당부하여,

"그대를 인간 세상에 내어 보내는데 가장 염려하는 바는 어부의 그물과 낚시라. 내가 어려서 구경 다니다가 성화수 물가에서 어부의 낚시에 걸려 죽게 되었는데 몸을 요동(搖動)쳐 줄이 끊어져 겨우 살아났으니 그대는 부디 조심하여 토끼를 얻어 오라."

하고 어주(御酒)를 내려 주니 별주부, 하직하고

나와 처자를 이별한 후 만경창파(萬頃蒼波)를 순식간에 나와 인간지경(人間地境)에 다다라 한편 무사히 왔음을 기뻐하여 해변으로 다니며 깊은 산으로 찾아가는데 때는 바로 춘삼월 좋은 시절이었다.

별주부 갈 곳을 알지 못하여 좌우 산천을 두루 역력히 살펴보니, 산이 높지는 않으나 명기(明氣) 수려하며 초목이 무성한 곳에 시내는 잔잔하고 절벽은 의의(毅毅)하며 짐승은 슬피 울고 기화요초(琪花瑤草)는 활짝 피어 있는 가운데, 공작새 봉황새가 넘나들며 꽃 향기가 풍겨나고 벌 나비가 희롱하며 버들 빛이 푸른 가운데 노란 꾀꼬리가 왔다 갔다 하니 진실로 인간 세상의 명승지(名勝地)였다.

별주부가 경개(景槪)를 따라 올라가니 갑자기 산중에서 한 짐승이 풀을 뜯어 먹으며 꽃을 희롱하며 자신 있고 만족한 듯 내려오고 있었다. 별주부가 몸을 감추고 토끼 화상을 내어 보니 바로 토끼였다. 별주부가 기뻐하며 스스로 생각하기를,

　　'저 토끼를 잡아다가 우리 대왕께 드려 병이 나으시면 내 마땅히 일등 공신이 될 것이다.'

　　하고 긴 목을 늘이어 토끼 앞에 나아가 예(禮)하고 말하기를,

　　"토 선생께 뵈나이다."

　　하니 토끼가 자라를 보고 웃으며,

　　"그대 어찌 내 성명을 부르는가? 남생이의 아들인가, 목이 길기도 하다."

　　했다. 자라 그 곁에 앉으며 전에 보지 못한 말을 하며 성명(姓名)을 통한 뒤 토끼에게 말하기를,

　　"그대는 몇 살이나 되었으며, 청산 벽계(靑山碧溪)로 다니니 재미가 어떠한가?"

　　토끼 웃으며 대답하기를,

　"나는 삼백 년을 세세(世世)로 두루 돌아다니며 만첩산중에 백화만발하고 서운(瑞雲)은 은은하여 푸른 솔은 축축 늘어져 있고 푸른 물은 잔잔한데 향기 무성한 곳으로 시름없이 다니면서, 백초의 이슬을 싫도록 받아 먹고 산림화초간(山林花草間)의 향기를 마음대로 내 몸에 쏘이며 무주공산(無主空山)에 시비(是非) 없이 왕래하여 산과(山果)를 마음대로 먹으며, 분별 없이 천봉만학(千峰萬壑)에 때때로 기어 올라온 세상을 굽어보면 가슴속이 시원하니 그 재미는 입으로 말하기 어렵다네. 자네도 세상 흥미를 취하겠거든 나를 따라 노는 것이 어떻겠나?"

　하니 자라가 대답하기를,

　"선생의 말이 좋아서 인간 세상의 경치를 그토록 자랑하지만, 나는 본래 인간 세상에 머물러 사는 바가 아니라 북해 용왕의 신하로 주부(主簿) 벼슬하는 자라로서 수궁(水宮)에 벼슬을 하다가 마침 동해 용왕이 수연(壽宴) 잔치를 한다 하고 사신(使臣)을 우리 궁중에 보내어 왕을 청하였는데, 우리 대왕이 우연히 오줌소태를 하여 성하지 아니하시어 못 가시게 되자, 왕의 태자(太子)께서 날 보고 인간 세상에 나가 해변가로 다니며 어부들이 어디서 낚시질하는가 탐지하여 오라 하시기에 인간 세상에 와서 탐지(探知)하고 돌아가는 길에, 이곳에 화초가 만발한 것을 보고 잠깐 구경할 즈음에 선생을 만났으니 마음에 기쁨을 헤아릴 수 없네 그려. 선생이 인간 세상의 경치를 자랑하는데 나도 용궁의 승경(勝景)을 잠깐 자랑할 테니 자세히 들어 보게나."

하고 말하기를,

"수궁이란 곳은 집을 짓되 호박(琥珀) 주춧돌에 산호(珊瑚) 기둥이며 밀화(蜜花) 들보에 청강석(靑剛石) 기와를 이었으며, 수정(水晶) 발을 드리우고 백옥 난간(白玉欄干)을 순금으로 꾸몄으며, 오색구름으로 산도 만들며 물색(物色)을 희롱하고 각색 풍류로 밤낮 연이어 즐기고, 칠보단장한 시녀들이 유리잔에 호박대를 받쳐 천일주(千日酒)를 권할 적에 그 흥이 어떠하며, 아침에는 안개를 타고 저녁에는 구름을 잡아 타고 온 세상을 잠깐 사이에 왕래하며, 옥저(玉笛)를 빗겨 불어 공중으로 마음대로 다니니 한 몸의 맑은 흥취를 어찌 다 헤아릴 수 있겠는가?

선생이 요란한 세상의 녹녹한 풍경을 자랑하니 그 생각이 작네 그려. 만일 풍운이 사면을 두르고 급한 소나기가 함지박으로 담아 붓듯이 오며 천둥번개 진동할 때 그대 몸을 피하여 바위틈에 의지하였다가 그 산이 무너지면 그대의 작은 몸이 가루가 될 것이네."

하니 토끼 그 말 듣고 놀라 말하기를,

"그런 요사한 말 두 번 마시오."

한다. 자라 또 말하기를,

"삼동(三冬) 극한(極寒)에 백설이 건곤(乾坤)에 가득하여 두렁도 없을 때 그대 바위틈에 겨우 의지하여 처자(妻子)를 어찌 구하며, 그대인들 기갈(飢渴)을 어찌 면하겠는가? 동삼삭(冬三朔)이 지난 후 음곡(陰谷)에 봄기운이 발양(發揚)하여 돌구멍 찬 자리에 일어나서 시원한 데를 보려고 산 위로 바삐 갈 때 사냥 포수의 총이 머리 위로 넘어갈 제 일신 간장이 어떠하며, 매 받은 사람은 사냥개를 몰아 사면으로 다닐 적에 그대 마음 어떠하며, 평지로 내려가니 목동들은 새 낫을 어깨 위에 둘러메고 아우성 소리 지르며 에워싸고 들어올 때 그대 없는 꼬리 샅에 끼고 작은 눈을 부릅뜨고 짧은 발을 자주자주 놀려 천방지방(天方地方) 자빠지며 엎어지며 달아날 제 가슴에 불이 나고 정신이 아득할 적에, 어느 겨를에 화초를 구경하며 어느 코로 향기를 맡겠는가?

그대는 생각하여 나를 따라 용궁에 들어가면 선경(仙境)도 구경하고 천도(天桃)라도 얻어먹고 천일주를 장취(長醉)하며 미인을 희롱하여 평생을 환락할 것이요, 또한 부귀를 모두 갖출 것이니 재삼 생각하게나."

　　하니 토끼 귀를 기울여 한참 동안 듣고 나서 말하기를,

　　"별주부의 말을 들으니 두려운 마음이 들거니와 나도 이왕 팔자가 기박하여 중년(中年)에 아내를 잃고 외아들마저 잃은 후 혼자 살 수 없어 지난해 섣달 새 아내를 맞았는데, 그 용모가 뛰어나 서로 정이 쪽박으로 가득 함박으로 가득하여 한 때도 떨어질 줄 모르고 살고 있다네. 그런데 내가 여기서 바로 용궁에 가게 되면 걱정하여 집에 가서 말하고 올 테니 여기 앉아 잠깐 기다리게나."

　　하니 별주부가 속으로 기뻐하여 생각하기를,

　　'이놈이 제 집에 가면 틀림없이 아내가 말릴 테니 붙잡은 김에 잡아가리라.'

하고 말하기를,

"그대는 대장부라 어찌 여자에게 쥐여 판관사령 (判官使令) 아들처럼 그만한 일을 가지고 허락을 받으려 하는가?"

하니 토끼 이 말을 듣고 마음이 거북하였으나 판관사령이란 말이 걸리어,

"그렇다면 그냥 갑시다마는 돌아올 날짜가 언제 쯤이며 길이 다르니 어떻게 가겠는가?"

하니 별주부가 크게 기뻐하며,

"그대가 가려 한다면 물 걱정은 말게나."

했다.

이에 토끼가 별주부와 함께 물가에 내려와 그 등에 업히어 눈을 감으니 별주부 물에 떠 만경창파를 순식간에 들어가 용궁에 이르렀다. 토끼가 눈을 떠 보니 채색 구름이 어리어 있는 가운데 삼층 누각 위에 '북해용궁(北海龍宮)'이란 현판이 걸려 있고 수문졸(守門卒)들이 벌려 있었다.

별주부가 토끼에게,

"잠깐 다녀 나올 테니 기다리게."

하고 용궁에 들어가 용왕에게 토끼를 유인하여 잡아 온 사연을 말하니 용왕이 크게 기뻐하며 즉시 왕좌에 앉아 태자와 종실(宗室) 문무(文武)를 좌우에 세워 놓고 나졸(羅卒)에게 토끼를 바삐 잡아들이라 명령한다. 이에 나졸들이 일시에 내달아 잡아들인다. 토끼가 잡혀 들어와 좌우를 둘러보니 전상시위(殿上侍衛)며 전하하졸(殿下羅卒)들이 벌려 있어 위엄스런 모양이 엄숙하였다.

용왕이 토끼에게 명령하기를,

"내가 뱃속에 깊은 병이 들어 백약이 효과가 없었는데 뜻밖에 도사의 말을 들으니 너의 간을 먹으면 효험을 보리라 하여 너를 잡아왔으니 너는 조그만 짐승이요, 나는 수궁 대왕이라. 너의 뱃속에 든 간을 내어 나의 골수(骨髓)에 든 병을 낫게 함이 어떻겠는가?"

하고 토끼를 동여매라 명령한다. 이에 좌우 나졸들이 달려들어 결박하니 토끼가 몹시 놀라 어쩔 줄 모르다가 가만히 생각하기를,

'내 별주부에 속아 사지(死地)에 들어올 줄 어찌 알았는가?'

하고 애통(哀痛)하여,

'이런 일을 당할 줄 알았으면 아무리 용궁이 좋다한들 어찌 들어왔으며, 내 몸이 편하고 인삼 두루마기에 천도 감투와 수정 지팡이를 하여 준들 용궁을 엿볼 개아들 놈이 있겠는가? 고향을 이별하고 수로(水路) 천만리를 들어와 죽을 몸이 되었으니 애달프고 통분하다. 내 집에서는 이런 줄을 전혀 모르고 있겠지?'

하고 한참 앉아 있다가 문득 한 꾀를 생각하고 앙천대소(仰天大笑)하니 용왕이 묻기를,

"네 무슨 경황에 웃느냐?"

토끼 얼굴빛을 고치지 않은 채 여쭙기를,

"소생(小生)이 웃음은 다름이 아니라 다만 별주부

가 한 일에 대하여 웃습니다."

　용왕이 말하기를,

　"무슨 일인가?"

　토끼 또 웃고 말
하기를,

　"별주부 국록(國祿)을 먹고 임금
을 섬긴다면 마땅히 온 힘을 다해 충성
해야 할 것을, 벽계수(碧溪水) 가에서 소생을 만났
을 때 왕의 병환 말씀을 하였으면 조그만 간을 아
끼지 않았을 것인데, 그런 말을 조금도 하지 않고
오직 용궁 자랑만 하기에 소생이 생전에 용궁 구경
할 뜻이 있었을 뿐 아니라 또한 세상인심이 극악
(極惡)하기에 이를 피하고자 들어왔더니 일이 이렇
게 될 줄 어찌 알았겠습니까? 이 일은 비유컨대 급
한 곽란에 청심환(淸心丸) 사러 보냄과 같습니다."

　용왕이 크게 노하여 말하기를,

　"너의 말이 극히 간사하구나. 지금 간을 내라 하
는데 무슨 딴말을 하는가?"

하고 호령이 추상(秋霜) 같으니 토끼 망극하여 방
귀를 잘잘 뀌며 반쯤 웃으며 아뢰기를,

"세상 사람이 소생을 만나면 약에 쓰려고 간을
달라 하기에 소생이 이루 입막음을 할 길이 없어
간을 내어 깊숙한 곳에 감추어 두고 다녔던 바 마
침 별주부를 만나 이렇게 될 줄 모르고 그저 들어
왔습니다."

하고 별주부를 돌아보며 꾸짖기를,

"이 미련한 것아. 이제 용왕의 기색을 보건대 병
세가 매우 위중하거늘 어찌 그 말을 하지 않았는
가?"

하니 용왕 더욱 노하여 말하기를,

"간이라 하는 것이 오장(五臟)에 달려 있거늘 어
찌 임의로 넣었다 꺼냈다 하겠는가? 끝내 나를 업
신여기려 하는구나."

하고 좌우에 명하여,

"저놈을 바삐 배를 따고 간을 꺼내라."

하니 토끼 망극하여 아뢰기를,

"지금 배를 가르고 보아 만일 간이 없으면 누구더러 달라 하며 죽은 자는 다시 살 수 없어 후회막급(後悔莫及)이니 소생의 명을 살려 주시면 간을 갖다가 바치겠습니다."

왕이 더욱 분노하여 좌우를 재촉하자 무사가 칼을 들고 달려들어 배를 가르려 하니 토끼가 얼굴을 끝내 변하지 않고 급하게 아뢰되,

"소생이 간을 내어 두고 다니는 표적이 분명하오니 살펴보십시오."

하니 용왕이 말하기를,

"무슨 표적이 있느냐?"

토끼 말하기를,

"소생의 다리 사이에 구멍이 셋이 있어 한 구멍으로는 대변을 보고 한 구멍으로는 소변을 통하고 한 구멍으로는 간을 출입하오니 살펴보십시오."

하니 왕이 이상하게 여겨 좌우에게 명하여 토끼를 자빠뜨리고 사타구니를 살펴보니 과연 틀림이 없었다. 용왕이 손뼉을 치고 웃으며 말하기를,

"그러면 간을 넣을 때는 어느 구멍으로 넣으며 어찌하여 너의 간을 약이 된다 하는가?"

토끼 그제서야 마음을 진정하여 아뢰되,

"간 넣을 때는 입으로 삼키옵고, 소생은 다른 짐승과 달라 춘하추동 음양오행(陰陽五行) 일월성신(日月星辰)의 모든 정기를 다 쏘이고 아침 이슬과 저녁 안개와 새벽 서리를 받아먹어 오장육부의 맑은 기운을 모두 포함하고 있는 까닭에 약이라 하나이다."

용왕이 이 말을 듣고 그럴듯하여 여러 신하들과 의논하니 여러 신하들이 아뢰되,

"그놈의 말이 모두 간사하오니 배를 갈라 보도록 하소서."

용왕이 또한 옳다 생각하고 토끼에게 말하기를,

"네 말을 들으니 그럴듯하다마는 혹 도로 넣고

잊었는지 모르니 배를 갈라 보는 것이 제일 낫겠구나."

하니 토끼는 용왕의 귓문이 항아리만큼 열린 것을 보고 그럴듯하게 엮어 댄다.

"본디 간을 꺼냈다 넣었다 하는 것은 정한 날이 있으니 초하루부터 보름날까지는 뱃속에 넣어 두고 해와 달의 정기를 받아 재웠다가 열엿새부터 보름 동안은 꺼내어 깨끗한 곳에 감추어 두는지라. 자라를 만났을 때는 삼월 하순이라 간을 꺼내 좋았을 때이옵니다. 자라가 이러한 사정을 미리 알려 주었더라면 며칠 늦더라도 간을 가져왔을 것입니다. 일이 이 지경이 되어 대왕의 병을 고치지 못하는 것은 모두 자라의 잘못인 줄로 아옵니다."

자라는 저에게 허물이 넘어오는 것을 듣고 얼굴이 붉으락푸르락하나 용왕 앞이라 고함은 치지 못하고 벙어리 냉가슴 앓듯 속으로 끙끙 앓는다.

어리석고 변통 없는 용왕은 입을 다물고 눈을 감은 채 속으로 바삐 헤아린다.

　'토끼 말이 사실이어서 배를 갈랐다가 간이 없다면 조그마한 짐승 하나쯤 죽는 것은 뜨끔도 아니할 일이로되 과연 토끼의 간을 가져 올 다른 방도를 누구한테 물으리오. 저 토끼 놈을 잘 달래서 간을 가져오게 하는 길밖에 다른 도리가 없으리라.'

　용왕은 무겁게 입을 열고 영을 내렸다.

　"여봐라. 저 토끼 묶은 줄을 끄르고 이 위로 오

르게 하라."

토끼가 여러 번 사양하다가 못 이기는 체하고 윗자리로 올라가 앉으니 용왕이,

"토 선생은 지금까지 내 함부로 대한 것을 허물치 말라."

하고 또한 벼슬에 봉(封)하여 삼공위(三公位)로 하니 토끼 말하되,

"산중의 조그만 몸이 대왕의 후대(厚待)를 입어 벼슬까지 봉하시니 불승황감(不勝惶感)하는지라, 청컨대 별주부와 함께 세상에 나가 간을 가져오겠습니다."

하니 왕이 크게 기뻐하여 대연(大宴)을 배설하는데 토끼를 대접할 대사간(大司諫) 벼슬하는 자가사리가 아뢰기를,

"토끼의 말을 믿을 길 없사오니 토끼를 용궁에 머무르게 하고 별주부만 보내어 간을 가져오게 함이 마땅하다고 생각되옵니다."

하니 토끼 내심(內心)에 자가사리를 소리 없는 조총(鳥銃)으로 쏘고 싶던 중 용왕이 크게 노하여 말하기를,

"이미 정한 일에 네 무슨 잡말을 하는가?"

하고 금부(禁府)에 내리라 했다.

토끼 종일 대취(大醉)하여 즐기며 말하기를,

"대왕의 병세를 볼진대 염라대왕(閻羅大王) 삼촌이요, 불로초(不老草)로 두루마기를 하고 우황(牛黃) 감투를 하였어도 황당(荒唐)하오니 바삐 나가 간을 가져오겠나이다."

하니 왕이 별주부를 불러 교유(敎諭)하여,

"토끼 말이 근리(近理)하니 공연히 죽여 쓸데없고 함께 가서 간을 가져오는 것만 같지 못하니 네 나가 속히 간을 가져오라."

하였다.

각설(却說). 토끼 별주부 등을 타고 물 밖으로 향하여 나가며 마음에 스스로 생각하기를,

'내가 처음 너에게 속아 죽을 뻔한 것은 나도 지각없었거니와 저 용왕도 어림없어 내가 살아나게 되었도다. 사람이나 짐승이나 세상에 간을 내었다가 넣었다가 하겠는가? 아무려나 별주부를 잘 달래어 빨리 나가리라.'

하고 자라에게 일러 말하기를,

"자네가 나에게 용왕의 병환 말씀을 하여 간을 가져왔더라면 이번 공행(空行)도 없고 용왕의 병도 나았을 것을, 자네가 미련하기 짝이 없어 헛수고를 하게 되니 내가 간을 가져다가 상을 타면 자네와 같이 나누겠네."

하니 자라 그 말을 듣고 그 간이 밖에 있다는 것이 사실이 아님을 알면서도 하는 말이,

"과연 용왕의 병을 위하여 그대를 유인한 것이니 어찌 간 출입함을 생각하였으리오. 진실로 그럴진대 피차 다 좋았겠으니 한 번의 수고를 어찌 아끼지 않겠는가?"

하고 물가에 내려놓으니 토끼 그제야 살아난 듯

엎어지고 자빠지며 제 굴을 향하다가 그물에 잘못 걸려 살 겨를이 없게 되었다. 마침 그때 쉬파리가 눈가에 앉았다. 토끼 생각하기를,

'쉬파리로 하여금 나에게 쉬를 많이 슬라 하면 그물 친 사람이 반드시 썩었다고 던져 버려 살아날 수 있으리라.'

하여 파리를 꾸짖어 말하기를,

"너는 소인이라 씨를 없애겠다."

하니 파리가 토끼의 씨를 없앤다는 말에 저의 무리들이 말하기를,

"토끼그물에 걸려 장차 죽을 것이 오히려 나를 위협하여 욕을 보이니 이런 놈은 편히 죽지 못하도록 모두 가서 저를 빨아먹으며 털끝마다 쉬를 쓸리라."

하고 일시에 모여 빨아먹으며 쉬를 스니 토끼 괴롭지만 오직 쉬를 덜 슬까 하여 몸을 굴리면서 꾸짖기를 마지아니하니, 파리가 분하여 토끼가 말하는 대로 빈틈없이 쉬를 슬었다.

마침 그물 친 사람이 왔다. 토끼가 거짓 죽은 체하고 있으려니 그 사람이 쉬 슨 것을 보고 썩었다 하여 던져 버렸다.

토끼가 제 집에 가서 암토끼를 만나니 암토끼가 몸에 쉬를 보고 놀라 말하기를,

"어찌 이 지경을 당하여 살아올 줄 생각하였으리오."

하니 수토끼가 전후의 사연을 다 말하니, 암토끼 이 말을 듣고 자라 있는 곳에 가서 자라를 꾸짖어,

"이 끔찍하고 무서운 놈아! 전생의 무슨 원수로 남의 백년해로(百年偕老)할 남편을 유인하여 간을 내려 하였으니, 우리 남편이 꾀가 없었더라면 죽을 뻔하였다. 네 심술이 그러하니 가다가 긴 목이나 뚝 부러져 죽거나 대가리나 터져 죽을 놈아. 간 먹고 살기는커녕 새로 병이 심해져 곱게 죽지 못하리라."

하니 자라가 분함을 이기지 못하여,

"요년아, 말을 그치고 내 말을 들어보라. 계집이 아무리 요사한들 그토록 매섭게 구느냐? 암상스럽고 발칙하다."

하더니 수토끼가 내달아 와서 자라에게,

"네가 나를 업고 만경창파에 왕래하였으니 수고하였거니와 네게 정표할 것이 없으니 낯이 없네그려."

자라 말하기를,

"너희들이 우리 용궁을 욕만 하고 간도 안 주고 빈손으로 들어가라 하는가?"

토끼 앙천대소(仰天大笑)하여,

"아무리 미련한 것인들 내 간을 못 얻어 저토록 애를 쓰는가? 만일 우리 친척과 친구들이 알면 틀림없이 네 잔등이를 분질러 두 동강이를 낼 것이니 바삐 들어가라."

하며 암토끼와 둘이 토녀(兎女)를 업고 숲 속으로 들어가 버렸다. 자라 할 일 없이 탄식하며,

"간특한 토끼에게 속고 무슨 면목으로 돌아가 왕을 보겠는가? 차라리 죽는 것만 같지 못하다."

하고 글을 지어 바위 위에 붙이고 머리를 바위에 땅땅 부딪히어 죽었다.

이때 용왕은 자라를 보낸 후 소식이 없자 이상하게 여겨 거북을 보내어 그 자세한 사정을 알아 오라 했다. 거북이 즉시 물가에 이르러 살펴보니, 바위 위에 글을 지어 붙이고 그 곁에 자라의 시체가 있었다. 거북이 불쌍히 여겨 통곡하고 그 글을 거두어 돌아와 왕에게 사실을 아뢰니 왕이 불쌍히 여겨 비단을 내려 안장(安葬)하였다.

이때 약방제조(藥房提調) 문어와 대사간(大司諫) 자가사리, 외시평 붕어, 외상 홍어, 승지(承旨) 전

복과 옥당(玉堂) 은어 등이 반열(班
列)에서 나와,

"산중의 조그만 토끼가 우리 군
신을 죽일 뿐더러 또 욕을 줌이
많사오니 산신(山神)에게 청하
여 토끼를 급히 잡아 보내
게 하여 엄한 형벌로 박살을 내도록 합시다."

하거늘 영의정 고래, 좌의정 숭어, 우의정 민어
등이 아뢰되,

"산신으로는 토끼를 잡지 못할 듯하오니 수궁정
병(水宮精兵)을 내어 토끼 있는 산을 둘러싸고 잡거
나, 큰 비를 내리게 하여 토끼 있는 산을 함몰(陷
沒)시켜 족속을 씨가 없도록 함이 마땅할까 합니
다."

왕이 말하되,

"경(卿) 등의 말이 불가(不可)하다. 한고조(漢高祖)
는 인간의 임금이로되 병이 들자 인명은 재천(在天)
이라 하였거든, 하물며 과인(寡人)은 신명(神明)이라 일

컬으며 망령되이 도사의 말을 듣고 저렇듯 하였다
가 토끼에게 업신여김을 당하고, 또 조그만 분(忿)
을 참지 못하여 다른 행동을 하게 되면 이는 한 번
잘못을 더함이라. 과인이 하늘 뜻을 모르고 조그만
토끼를 원함이 어찌 어리석음이 아니리오. 그대들
은 다시 말을 말라."

　말을 마치고 일성장탄(一聲長歎)하더니 태자와 좌
우 정승을 불러 안에 들어와 유지(遺志)를 받게 하
고 즉시 죽으니, 이때 나이 일천팔백 년이요, 재위
는 일천이백 년이었다.

　태자가 문무백관을 거느려 머리를 풀고 우니 모
든 수족(水族)이 통곡하는 소리가 물 끓듯 했다. 오
일성복(五日成服)한 후 태자 즉위하여 천세를 부른
후 동서남북해 용궁에 고부사(告訃使)를 보냈더니,
남해 광리왕(廣利王) 충륭(沖隆)과 동해 광연왕(光淵
王) 하명(河明)과 서해 광덕왕(廣德王) 거승(去乘)이
모두 친히 와 위문하는 위의(威儀)가 장하였다.

네가 살고 내 눈 뜨면 그는 응당 좋으련마는

자식 죽여 눈을 뜬들 그게 차마 할 일이냐?

너의 모친 너를 낳고 7일 만에 죽은 후에,

눈조차 어둔 놈이 품안에 너를 안고

이집 저집 다니면서 동냥젖 얻어먹여 그만큼이나 자랐거늘

한시름 잊었더니, 이게 웬 말이냐?

눈을 팔아 너를 살지언정

너를 팔아 눈을 산들 그 눈 해서 무엇하랴?

어떤 놈의 팔자로서 아내 죽고 자식 잃고 사궁지수가 된단 말가?

— 『심청전』중에서 —

국어과 선생님이 뽑은

한국문학읽기
한국고전읽기
세계문학읽기